CAMPO DE ESTRELAS

Thales Guaracy

Campo de estrelas

Romance

1ª reimpressão

EDITORA GLOBO

Copyright © 2007 by Thales Guaracy

Todos os direitos reservados. Nenhuma parte desta edição pode ser utilizada ou reproduzida — em qualquer meio ou forma, seja mecânico ou eletrônico, fotocópia, gravação etc. — nem apropriada ou estocada em sistema de bancos de dados, sem a expressa autorização da editora.

Preparação: Hélyo da Rocha
Revisão: Valquiria Della Pozza
Capa: Cláudia Xavier
Imagem de capa: Atlantide Phototravel/CORBIS

1ª edição, Editora Globo, 2007
1ª reimpressão

Dados Internacionais de Catalogação na Publicação (CIP)
(Câmara Brasileira do Livro, SP, Brasil)

Guaracy, Thales
    Campo de estrelas / Thales Guaracy. — São Paulo: Globo, 2007.

ISBN 978-85-250-4361-0

1. Romance brasileiro. I. Título

07-6628   CDD-869.93

Índices para catálogo sistemático:
1. Romances: Literatura brasileira   869.93

Direitos de edição em língua portuguesa para o Brasil
adquiridos por Editora Globo S.A.
Av. Jaguaré, 1485 — 05346-902 — São Paulo — SP
www.globolivros.com.br

I

ERAM SETE HORAS, a tarde acabava depois de uma tempestade de verão que lavara o asfalto e colocara no ar o perfume de umas flores perdidas. Pela entrada do São Cristóvão, Ivan via os carros passarem como relâmpagos, deixando o rastro vermelho da lanterna traseira sobre os espelhos-d'água. Dentro do bar, o único movimento era o do vento encanado: a barra das toalhas ondulava levemente no salão com paredes cobertas por antigas fotografias de futebol, flâmulas, recortes amarelecidos de reportagens esportivas e camisas autografadas por atletas em seu tempo de glória. Ali o passado se amontoava nas paredes, pendia do teto, espalhava raízes imaginárias, enquanto o garçom, encostado no balcão, diante das mesas e cadeiras vazias, esperava os clientes da noite com o bocejo das eternidades.

Ele já não se lembrava de quando começara a encontrar Marcial como um amigo de botequim. Estava distante o tempo em que convivia com o pai dentro de casa, nas tardes ensolaradas no sobrado em Santana, onde passara boa parte da infância, ou depois, no apartamento do Sumaré para onde a família se mudara. Ivan levava a vida independente dos descasados, era um publicitário reconhecido, ganhava mais dinheiro do que jamais imaginara, morava numa casa ajardinada no Morumbi. Seus pais tinham se separado havia oito anos. As recordações da família reunida já pareciam também retratos amarelecidos na parede da memória. Porém, encontrar o pai era como voltar aos tempos calorosos da infância, os anos cândidos da década de 1970, quando Marcial o levava pela mão aos estádios de futebol, motivo pelo qual escolhera encontrá-lo naquele lugar evocativo.

— Vamos lá — dissera-lhe ao telefone. — O senhor vai gostar.

Aos 37 anos de idade, Ivan continuava a chamar o pai de senhor, ainda o beijava no rosto e, como Marcial não parecesse envelhecer, apesar do cavanhaque um pouco encanecido, muitas vezes eram tomados como irmãos ou outra coisa: às vezes ele percebia ao redor olhares que estranhavam aquelas demonstrações públicas de carinho. Pensava nisso quando o pai enfim surgiu na entrada do bar. Ivan sorriu e se pôs prontamente de pé, como se entre todos aqueles astros do esporte surgisse um ídolo de carne e osso. Eles se abraçaram, deram o beijo tradicional, sob o olhar reticente do garçom, e Marcial sentou.

Na parede onde a mesa se encostava eles podiam ver antigos flagrantes de Pelé com a camisa do Santos, Garrincha no Botafogo, Rivelino no Corinthians e a primeira página da Gazeta Esportiva, na qual uma fotografia granulada e amarelecida mostrava galhardamente perfilado, no distante julho de 1951, vitorioso no torneio mundial de clubes, o elenco do Palmeiras — time que Marcial transferira para o coração do filho. Pediram ao garçom dois chopes garotinho.

— Como vai a saúde? — perguntou Marcial.

— Vou fazer um novo exame — respondeu Ivan. — Espero estar bem, veremos.

O pai mostrou-se preocupado. Fazia tempo via o filho sorumbático, às voltas com o mal que ameaçava sua vida. Mesmo com a doença controlada, Ivan andava perturbado. Ainda tomava meio comprimido de um remédio com tarja preta para dormir, não recuperara a tranqüilidade. O filho imaginou que Marcial lhe fosse sugerir outro remédio. Estava enganado.

— Você precisa de outra coisa — disse ele.

O pai lhe falou do Fonte de Luz, um spa védico a duzentos quilômetros de São Paulo, onde os hóspedes praticavam ioga, tomavam banhos de ofurô e recebiam uma massagem de efeitos miraculosos. Marcial estivera lá três meses antes. Conhecera no Fonte de Luz uma monitora que viajava uma vez por ano para a Índia, usava um sinal hindu na testa e tinha idade para ser sua filha, mas lhe ensinara o verdadeiro sentido da meditação. "Meditar é prestar atenção no que você está fazendo", recitou ela. De uma maneira que a Ivan pareceu chocante, contou que no spa védico participara de um exercício no qual pessoas desconhecidas andavam livremente dentro de uma sala, apalpavam-se, abraçavam-se e falavam o que lhes vinha à cabeça. Durante a sessão, uma adolescente chorara nos seus braços.

— Ela perdeu o pai recentemente — explicou. — Algo em mim a lembrou dele.

Marcial vivia a recitar um provérbio chinês segundo o qual os filhos nascem para ensinar aos pais, mas entre os dois era ainda quem mais surpreendia. Antes a única coisa imutável que Ivan conhecia, o pai agora se transformava de maneira assombrosa. Porém, via algo bom naquela reviravolta. O antigo homem austero, fechado até com os parentes e amigos mais próximos, dava lugar a uma figura mais afetiva. Entrava num mundo de novas experiências, deixava aflorar emoções guardadas debaixo da casca antes impenetrável. Ivan entendia melhor por que o pai passara a lhe dar abraços mais apertados quando eles se encontravam. O Senhor da Razão enfim extravasava a emoção.

E a maior novidade ainda estava por vir.

— Estou planejando uma viagem — disse Marcial, em tom de confidência.

— Para onde?

— Pretendo fazer o Caminho de Santiago.

Foi difícil esconder o espanto. Marcial podia fazer ioga, mergulhar em tonéis de ofurô e abraçar transeuntes, mas ir a Santiago de Compostela era a mutação final. Em outros tempos, o pai representara para Ivan o símbolo da segurança, como se fosse capaz de resolver todos os problemas do mundo terreno com instrumentos seculares: inteligência, ponderação e uma boa conversa. O homem que pregava a racionalidade acima de tudo, que divinizara a força da palavra, acreditara na onipotência do pensamento, dava uma vistosa guinada para os caminhos etéreos da mais deslavada religiosidade. A racionalidade é a ilusão dos intelectuais. Sendo um deles, Marcial descobrira que sabia tanto quanto outros com menos estudo, que aceitavam os mistérios da vida sem discussão ou preocupação lógica. Debandava para o território antes desdenhado da fé.

Ivan se assustava ao ver o homem que o ensinara a ter tantas certezas apelando daquela maneira para a ajuda transcendental. Nunca o imaginara buscando inspiração numa romaria, ou como um peregrino, batendo o cajado no chão a caminho de um santuário.

— E o que o senhor espera encontrar lá?

— O Caminho começa na França, mas penso em fazer apenas os últimos seiscentos quilômetros, o trecho da Espanha. Você sabe o que quer dizer Compostela?

Ivan o olhou, à espera: o Homem que Sabia Tudo às vezes reaparecia debaixo do seu recente manto de humildade. Esperou que viesse a explicação.

— É uma contração de *campo* e *estela*, campo de estrelas —

respondeu o próprio Marcial. — Muitos acreditam que as pessoas se transformam ao chegar a Santiago, mas a grande experiência é caminhar naquelas planícies, onde dizem que as noites são tão limpas que se pode ver uma infinidade de estrelas. É isso o que favorece a meditação, o encontro com você mesmo, a comunhão com o universo.

Ivan ruminava o que ele dizia; vinham-lhe à cabeça preocupações mais práticas.

— Onde o senhor pretende dormir?

— Há albergues na beira da estrada, já preparados para receber os peregrinos.

— Não parece exatamente um programa de luxo — disse Ivan, com um muxoxo.

— São lugares baratos, alguns bem vagabundos, mas os viajantes chegam tão cansados que qualquer pardieiro pulguento se transforma em hotel cinco estrelas.

— O sofrimento é o pai da sabedoria — disse Ivan, em tom de ironia.

— É verdade — concordou Marcial, mas falava sério.

Por um instante, Ivan pensou que o pai entrava naquilo por alguma razão oculta. Tinha um palpite.

— Foi Lúcia que o convenceu a ir a Compostela? — perguntou, referindo-se à segunda mulher de Marcial.

— Ela não vai — disse o pai, enfático. — Até se interessa pela idéia, mas tem um problema crônico no joelho que a impede de fazer longas caminhadas. Convidei alguns amigos, mas não sei se também poderão se ausentar do trabalho por tanto tempo. É preciso pelo menos um mês livre. Tudo o que eu sei é que eu vou. Aviso o dia. Quem quiser e puder ir está convidado.

O pai sempre colocava as coisas daquela forma: Ivan não sabia se era uma forma de convidá-lo, sem admitir que convidava, ou de afastá-lo gentilmente de seu projeto particular. Marcial comportava-se como uma esfinge; algumas vezes era difícil entender seus desejos. No entanto, Ivan tendia a acreditar que o pai, no final das contas, era apenas tímido demais para encarar uma resposta negativa. Uma recusa seria recebida como rejeição. Por isso, sempre assumia estar sozinho; dessa forma, não se desapontava. Ivan sabia como aquilo funcionava: talvez como cópia inconsciente, adotava a mesma tática para defender seus sentimentos.

— Sabe? — disse, preparando o terreno para o que entendia ser uma pesada concessão. — Também acho que experiências como essa com a professora hinduísta estão lhe fazendo bem.

Marcial tinha o olhar perdido. Por trás de seus óculos de aro dourado, de onde pendia a fina corrente que utilizava para segurá-los no colo quando lia, Ivan viu um brilho diferente. Era como se o pai olhasse para dentro de si mesmo. Um lago formou-se sob seus olhos: Ivan pensou que iria chorar.

— Passei a vida aprendendo nos livros — disse Marcial; enquanto falava, sua voz ia se apagando, até se tornar um murmúrio. — Descobri que o grande aprendizado é com as pessoas.

Houve um momento de silêncio. Nas fotografias amarelecidas nas paredes, até os craques do passado, mudos e imóveis, pareciam embaraçados. Os clientes do São Cristóvão surgiam. Um grupo de homens engravatados, saídos de algum escritório das redondezas, arrastou cadeiras pelo chão até uma mesa de canto. Ecoaram pedidos de chope, bolinhos de bacalhau, porções mistas de pastel.

— O senhor descobriu que é gente, afinal — disse Ivan, procurando cortar com um pouco de humor a comoção do pai.

Não era a primeira vez que Marcial patrocinava grandes projetos convidando a Deus e a todos e ele terminava como seu único companheiro. Houvera aquela outra viagem com o pai 21 anos antes, que permanecera para ele uma espécie de loucura de adolescência — da sua adolescência, ou da segunda adolescência de Marcial, que contava na época 46 anos. Tinha sido idéia do pai sair de São Paulo para ir à cidade perdida de Machu Picchu, no Peru, por via terrestre. Na época, não importavam muito os motivos pelos quais Marcial lhe propusera a jornada. Para Ivan tinha sido uma aventura pelo gosto da aventura, motivo suficiente para quem então contava dezesseis anos. Passou-lhe pela cabeça que, com a Grande Caminhada Mística, o pai desejasse reeditar aquela época e suas peripécias. Pousou sua mão direita na de Marcial, subitamente interessado, já se imaginando ao seu lado, de mochila nas costas, sapatos sujos de terra, como nos velhos tempos. Sim, por que não?

— Eu tenho que fazer o meu exame, agora não posso viajar — disse o filho. — Mas, se os seus amigos não o acompanharem e eu já estiver bom, vou com o senhor a Compostela. Olharemos as estrelas e veremos o que acontece.

Marcial pareceu satisfeito. Como costumavam fazer, eles mudaram de assunto de repente. Consumiram seu chope, discorreram sobre banalidades, voltaram ao tema do futebol. Ivan mal viu o tempo passar. Por volta das nove e meia da noite, eles pagaram a conta e foram embora. Marcial viera de táxi, morava a poucas quadras dali e o filho lhe deu carona em seu BMW preto. Deixou o pai em frente ao edifício onde morava, com um rápido abraço de despedida. Esperou Marcial entrar pelo portão de pedestres, acenou e arrancou.

Eram quase dez horas da noite quando chegou ao bairro do Morumbi. Ao som de uma sonata de Chopin vinda do rádio FM, Ivan atravessou em grande estilo os sinais vermelhos: nas alamedas onde se perfilavam as mansões do bairro, os moradores evitavam parar nos sinais fechados em horas de trânsito morto. Entrou na sua rua, deserta e escura como sempre: as árvores encobriam a iluminação pública, a lâmpada de mercúrio no poste diante de sua casa estava sempre queimada ou oculta pela folhagem das árvores. Parou o carro diante do portão automático e acionou o controle remoto.

A folha de metal levantou aos poucos e a luz amarela da garagem, acesa automaticamente, cresceu com a fresta. De repente, Ivan pressentiu um vulto à direita. O coração bateu acelerado. Engatou a marcha a ré, com uma palavra na cabeça: ladrão. O BMW arrancou, as rodas giraram em falso no asfalto com um grito estridente, depois impulsionaram a pesada máquina para o meio da rua, enquanto ele apertava o controle remoto, detendo o portão.

Ivan cansara de ouvir relatos de gente assaltada na porta de casa. Naquele bairro de milionários, os ladrões esperavam o dono chegar para entrar com ele dentro de casa. Ao reagir, vizinhos já tinham até morrido em situações assim — um tiro bem diante do lar. Coração aos pulos, ele fez o veículo arrancar de ré por uma centena de metros. Quando virou novamente a cabeça para a frente, procurou localizar a figura suspeita. Não viu nada além da rua deserta. As folhas farfalhavam ao vento — mais nada.

Parou o BMW, ofegante, já duvidando dos seus próprios olhos. Pensou, não é ninguém, não é nada, é duro viver na paranóia da cidade de São Paulo.

Nesse instante, uma sombra se descolou de uma árvore e se afastou na calçada.

Ivan deveria estar apavorado. No entanto, o medo foi superado pelo espanto. Num impulso, abriu a porta do carro. Desceu e gritou, de longe:

— Espere!

O vulto não esperou: em fuga, dobrou a esquina. Ivan disparou em seu encalço. Ao chegar à outra rua, parou de repente: o estranho desaparecera da mesma forma que surgira. Ivan fechou e abriu os olhos, testando-os. "É impossível", pensou. Na rua sem testemunhas, sua exasperação latejava em meio ao silêncio: estava certo de que conhecia aquele homem que surgira e sumira como um fantasma.

Lembrou-se do carro ainda em funcionamento. Não queria alarmar a vizinhança: caso aparecesse alguém, seria difícil explicar o que acontecera. Voltou para o BMW, abriu o portão com o controle remoto e entrou na garagem. Esperou a folha basculante baixar para descer do carro. Separado da rua pelo muro de três metros e meio, estava finalmente seguro. Mesmo assim, suas mãos tremiam.

Abriu a porta de rádica que dava para o corredor principal da casa. Passou pelo escritório, que ficava do lado esquerdo: nas prateleiras de mogno os livros misturavam-se a lembranças de viagem e fotografias de família. Ele desceu a escadaria que dava para a sala. Havia um grande espelho sobre a lareira à direita, um Aldemir Martins na parede oposta, cercado por folhagens que emergiam de grandes cachepôs de vime. Um tapete de fibra natural, esmagado pelo baú que servia como mesa de centro, estendia-se do sofá branco à parede envidraçada através da qual se descortinava o jardim.

Ivan acendeu as luzes externas, fez correr as portas de vidro e saiu para tomar um pouco de ar fresco. Sentou-se numa cadeira de vime sob o toldo, olhando o gramado que contornava a piscina iluminada de azul, até acabar no muro coberto de hera. Arlinda, a empregada, se recolhia cedo: aquele silêncio o oprimia. A casa era grande demais para ele, bem poderia estar meio louco, vendo coisas — o isolamento faz isso com as pessoas. Tentou pensar em outras coisas, mas a imagem não lhe saía da cabeça: jurava ter visto o corpo longilíneo, as roupas em tiras arrastadas pelo chão e o capacete inconfundível do personagem que encontrara tantos anos antes na jornada a Machu Picchu. O mesmo a quem ele e o pai tinham dado aquele apelido irônico, talvez para diluir com o desdém o respeito quase reverencial que despertara neles.

O Príncipe de Lata.

Pensou em ligar para Marcial, contar-lhe o que acontecera. Porém, estava certo de que o pai não acreditaria nele. Diria, com certeza: foi uma ilusão de ótica, ou um ladrão mesmo. Só podia ser.

Puxou com força para os pulmões o ar da noite. Podia ter sido sugestionado por aquela conversa sobre a Grande Caminhada Mística: em sua mente, formara-se sem querer uma ponte para o passado. Longe ia aquela viagem que fizera com o pai a Machu Picchu, mas ela voltava com força à memória, trazida primeiro pela conversa com Marcial, agora por aquela aparição. As imagens corriam diante dele, nítidas como se eles tivessem partido no dia anterior.

Era o final do ano de 1980, Ivan e Marcial ainda nada sabiam do Príncipe de Lata, nem sobre o mundo de mistérios ao qual ele pertencia. Era o tempo de uma felicidade pura, ou de uma certa inocência, quando ainda não existiam dúvidas, perguntas, ou medo.

Nem fantasmas como aquele, que retornava justo agora para o assombrar.

* * *

Primeiro, o trem: o apito reverberando pela estação, o arranco e a sensação de se afastar rumo ao desconhecido. A tarde de dezembro corria célere, como as colunas na janela na estação de Bauru. Eles tinham chegado de São Paulo de ônibus, dali levariam mais trinta horas por via férrea até Corumbá, no Mato Grosso. Ocupavam uma cabine com beliche, um nicho com uma pia e uma privada basculante. Não imaginavam que aquilo ainda lhes pareceria um luxo palaciano, nem que trinta horas podem parecer um século.

Mesmo para quem não conhecia direito os riscos do caminho, já impressionava a distância a percorrer. Para atingir Machu Picchu, Ivan e Marcial teriam de atravessar por terra todo o Pantanal do Mato Grosso, tomar o Trem da Morte — na mal-afamada ferrovia que atravessava o charco boliviano —, subir os Andes, contornar o lago Titicaca e entrar no Peru por Puno. De lá, iriam a Cuzco e, por fim, alcançariam a cidade de pedra; retornariam pelo mesmo caminho. Cruzariam a América do Sul indo de sudeste a noroeste. Percorreriam cerca de 7 mil quilômetros, entre a ida e a volta a São Paulo. Esse era o grande plano de Marcial, a pretexto de uma comemoração, ou um rito de passagem: em três meses o filho estaria na universidade.

— Você nunca se esquecerá disso — disse.

Como tudo o que Marcial fazia, não houve grandes preparativos para a odisséia, além da compra de um par de mochilas, a escolha cuidadosa de roupas confortáveis e a visita a uma loja de artigos de viagem no andar térreo do edifício Itália, no centro de São Paulo. Lá, Marcial e Ivan compraram cintos com um zíper por dentro, onde podiam acomodar dobrados os dólares em espécie que levariam para as despesas. Era uma das idéias do pai, que vira tal cinto ser utilizado pelos retirantes nordestinos e adorava soluções com o engenho superior da simplicidade. Em casa, ao experimentar o cinto cheio de notas, Ivan sentiu como se levasse uma jibóia na cintura. O dinheiro não ficava muito bem dissimulado, mas com certeza ninguém poria as mãos nele sem que soubesse.

Saíram de casa de manhã cedo. Na rodoviária, tomaram o ônibus até Bauru: cinco horas de viagem. Gastaram outras duas esperando o trem partir, sentados na escadaria da estação ferroviária. Longe de ser uma metrópole congestionada como São Paulo, Bauru já fizera com que eles respirassem um pouco o ar do interior. Porém, quando o trem acelerou, Ivan sentiu um tremor de emoção.

Aquele era o ponto sem retorno. Estavam indo a Machu Picchu, afinal.

Ele olhava pela janela aberta, ansioso por chegar. A paciência é uma arte desconhecida por rapazes de dezesseis anos. A noite foi longa: depois de comer sanduíches no vagão-restaurante, Ivan e Marcial custaram a dormir nas camas fofas do serviço ferroviário estatal. Pela manhã, por volta das nove horas, o trem alcançou Campo Grande, última grande cidade brasileira do caminho. A maior parte dos passageiros desceu na plataforma efervescente. Ao ver as cabines do trem desocupadas, com restos de comida e garrafas vazias, sentiu certo abandono. Pouca gente queria ir ao fim daquela linha.

Na saída, o trem logo deixou o subúrbio da cidade para entrar no território de grandes fazendas. A ferrovia se estendia sobre um comprido aterro entre as terras alagadas do Pantanal. Aqui e ali, Ivan via cercas semi-encobertas pela água. Árvores arrancavam do alagado como vindas de grandes profundidades, a vasta galhada duplicada sobre o espelho aquático. O trem cortava a natureza com o som ensurdecedor das céleres rodas de metal. De vez em quando eles passavam por pequenos povoados: a máquina parava não mais que cinco minutos para a descida de um número cada vez menor de passageiros.

Por vezes, Ivan avistava casas de fazenda erguidas sobre palafitas, com varandas fechadas por redes finas, que impediam a entrada dos mosquitos carniceiros. Pareciam abandonadas. Depois de muitas horas sem ver gente, Ivan abriu a janela da cabine à chegada de uma nova estação. Na parede, com tinta azul, leu o nome do lugar: Camisão. A plataforma estava deserta, exceto pela presença de um índio solitário. Lentamente, o trem avançou até parar, de tal forma que o indígena ficou bem diante da janela de Ivan. Estava completamente nu, com o torso robusto dos silvícolas, braços placidamente apoiados sobre uma longa borduna, cabelos negros escorridos sobre os ombros, penas de arara azuis e vermelhas a enfeitar o coco. Examinaram-se, espantados um com o outro.

Quando o trem partiu, Ivan sentiu um arrepio. O Pantanal lhe parecia agora de tal modo deserto que até mesmo o índio, com a cara lambuzada de urucum, se tornava mais amistoso, ou menos assustador, do que aquela vastidão.

Olhos mais acostumados a decifrar o pântano, descobriu o dorso das capivaras que se reviravam no lodo. Admirou o vôo das aves de pernas longas, asas majestosas e bicos mortíferos com que apanhavam peixes mergulhando n'água. A certo ponto, um gavião cor de tabaco, pescoço e cabeça brancos, passou a voar rasante ao lado do trem com suas asas circunflexas. Durante quase duas horas Ivan e Marcial contemplaram a jornada da ave ao lado da máquina, combinação que lhes pareceu de uma estranha beleza.

— Deve estar esperando que lhe joguem comida — disse Marcial.

— Talvez não — disse Ivan. — Pode ser apenas nosso amigo. Ou um bom agouro.

Quando o gavião se foi, Marcial e Ivan caminharam para o último vagão, onde a porta traseira dava para uma pequena plataforma debruçada sobre os trilhos. Sentaram-se ali, respirando ao ar livre aquela agreste solidão. No fim da tarde, o frio substituíra o calor e formara uma bruma rasteira que cobria as águas e envolvia as árvores pela base como se saíssem de algodão. Aqui e ali se viam touros desgarrados de fazendas próximas, de couro peludo como o dos iaques, adaptação dos animais domésticos à vida selvagem. Metidos na água até o peito, surgiam das brumas com os chifres pontudos e lançavam ar condensado pelas narinas, feito demônios. Dava arrepios pensar que o trem podia quebrar bem ali.

Quando a noite caiu e nada mais se podia ver, eles andaram pelo corredor do trem, examinando os tipos que rumavam com eles até aquele fim de mundo. Havia uma família que amontoara suas trouxas no corredor, único lugar permitido para quem viajava de uma estação local para outra. Um caixeiro-viajante de paletó puído e olheiras escuras sombreando os olhos. Um vaqueiro de botas pesadas e faca dissimulada sob o paletó, mergulhado num mutismo sombrio. No vagão-restaurante, o garçom, de paletó branco amassado e gravata-borboleta, sentava-se às mesas para descansar, na falta de clientes, que prefeririam comer biscoitos na cabine a experimentar a mal-afamada cozinha ferroviária.

Perambulando tediosamente pelo trem, eles conheceram Pedro e Roberto, adolescentes peruanos que estudavam no Brasil, a caminho de casa para as férias escolares. Falante, Pedro tinha cabelos encaracolados, pele morena e cara de bolacha Maria: rosto arredondado com bochechas furadas de sarampo. Trouxera seu violão e, vaidoso, deixava a porta da cabine aberta, de forma a atrair curiosos. Roberto, alto, magro, de nariz adunco, acompanhava-o com uma gaita. Tinham família em Lima, já haviam feito aquela viagem antes e não pareciam animados com o que viria.

— Vocês ainda vão achar este trem um paraíso — disse Pedro.

Eles passaram a última hora de viagem na cabine dos dois novos amigos peruanos, na tentativa de vencer o tédio com alguma conversa, ao mesmo tempo em que recolhiam informações úteis para o futuro. Pedro contou-lhes da vida em Lima, que visitava uma vez por ano, ao término do período letivo. E de seus temores, pois recebera da família aviso de um perigo a aguardá-lo na terra natal.

— *Temblores* — disse, com os braços enrolados nos joelhos, com uma sombra a lhe passar pela fronte. — Em Lima, não me deixam dormir.

Roberto concordou com o companheiro em que a grande freqüência de pequenos tremores podia preceder um terremoto, como vários que já tinham assolado o Peru. Na penumbra da cabine, a expressão dos dois peruanos pareceu a Ivan e Marcial ainda mais terrível. Naquele momento, o chefe do trem passou, avisando que estavam próximos de Corumbá. Os quatro amigos se despediram, desejando mutuamente boa sorte contra os perigos da superfície ou abaixo dela. Tomaram suas mochilas e foram para as portas aguardar o momento do desembarque.

Naquele final de 1980, Corumbá ainda não tivera tempo de ter favela nem periferia pobre como outras cidades do Brasil. Cercada pela mata, a estação de trem parecia tão isolada quanto as outras pelas quais eles tinham passado antes. Ivan e Marcial desceram com suas mochilas na plataforma parcamente iluminada por luzes amarelas e saíram para a rua. Alguns passageiros embarcaram em carros à sua espera, outros correram para os poucos táxis alinhados à calçada.

— Vamos tomar um desses — disse Marcial. — Não estou vendo outra condução.

Apanharam o último táxi disponível, um Gol amarelado pelo pó, com o farol dianteiro direito fixado na lataria graças a tiras de fita isolante. O motorista era um índio grande e balofo, que parecia ter acabado de trocar uma tanga sumária por calça jeans e camisa social. Com um olho mais aberto que o outro, inquiriu a direção que desejavam. Marcial perguntou-lhe se sabia como se entrava na Bolívia e quando saía o trem para Santa Cruz de la Sierra. Ouviu que o trem partia da fronteira dali a uma hora, às nove da noite.

— A próxima composição só sai daqui a três dias.

Marcial não gostou da idéia de cruzar a fronteira no escuro, mas naquele instante não parecia restar alternativa. Decidiu partir naquela hora mesmo, apesar do horário e do cansaço da viagem: depois de gastar quase dois dias desde São Paulo, eles não queriam ficar mais três sem sequer pisar em território boliviano.

— Vamos à fronteira, rápido — disse Marcial. — Precisamos pegar o trem hoje.

— Está bem — disse o taxista.

O Gol passou diante da entrada da cidade, divergindo das luzes de Corumbá; fez uma volta e mergulhou em uma estrada de terra. Sentados no banco de trás, pai e filho se entreolharam. Lá fora, nada enxergavam exceto o matagal ao lado da estrada, iluminado pelo farol do táxi. O carro sacudia pela terra esburacada, balançando a corrente com pingentes pendurada no espelho retrovisor, a bandeirinha do Brasil, a Nossa Senhora grudada ao painel com um magneto e a cabeleira do motorista.

— O trem parte de Puerto Suarez? — perguntou Marcial.

— Puerto Suarez, não — disse o motorista. — Quijarro.

— Quijarro?

— Quijarro, Bolívia.

Um olho do taxista pendurou-se no espelho retrovisor.

As luzes de Corumbá tinham passado ao longe, meio encobertas pela mata, e ficado para trás. Marcial e Ivan nem sequer tinham como saber se o taxista os levava mesmo à fronteira. Naquele matagal, perguntavam cada um aos seus botões onde tinham se metido. Por minutos intermináveis rodaram em silêncio, cientes da verdade: eram uma presa fácil demais. O motorista podia levá-los a qualquer lugar, dar uma grande volta, para extorquir-lhes mais dinheiro, roubá-los no meio da mata, ou, pior, levá-los para um reduto de assaltantes. Ivan olhou para a cobra gorda no seu cinto; pensou no que adiantaria aquela esperteza diante de um grupo de bandidos.

E, de todas aquelas hipóteses, nenhuma das quais muito boa, ele teve a íntima certeza da pior quando a estrada se transformou em um aclive, o Gol subiu com um esforço doloroso e desembocou num terreno que dava no fim da linha. A trinta metros eles avistaram uma casa, de cuja silhueta sinistra surgia uma luz baça. Pai e filho se entreolharam, o semblante a refletir o mesmo temor, sem saber onde estavam, mas certos de que aquele era o terminal para algo muito ruim. Sobretudo quando da construção sinistra saíram três vultos que a Ivan se afiguraram gigantescos, graças às sombras que se projetavam no chão — inexoráveis e ameaçadoras, ainda mais porque nelas se podia distinguir, sem a menor dúvida, a silhueta das metralhadoras trazidas na mão.

* * *

Um pólipo é uma malformação com jeito de flor, que nasce no ambiente fértil das nossas entranhas. Seis meses antes da idéia de fazer a Caminhada Mística com o pai, às vésperas de completar 36 anos, Ivan tivera a notícia de que cultivava uma florzinha dessas em sua bexiga, achado ocasional em um exame de ultra-som, quando investigava a origem de uma dor crônica no quadril. Mal insidioso, assintomático, exceto quando em estágio avançado, o pólipo não tinha nenhuma relação com a dor investigada. Era algo muito mais sério: um tumor. Possivelmente, maligno.

— Você é um sujeito de sorte — dissera-lhe Roger, o urologista a quem levara o exame.

O médico era homem de voz suave e riso fácil, como se fosse realmente apenas um jardineiro orgânico. Possuía um famoso consultório de urologia, um amontoado de títulos universitários e cargos associativos, além da chefia da equipe de cirurgia no departamento da sua especialidade num dos melhores hospitais do país. Ainda assim achava tempo, segundo ele mesmo dizia, para tratar o cliente como gente, não um número na sua fila. Nesse aspecto, orgulhava-se de ser um médico à moda antiga.

— O que você chama de sorte? — perguntara Ivan.

— Sorte é descobrir por acaso algo que, se ficasse aí sem cuidados, poderia se transformar em uma doença fatal. Agora você poderá ser curado.

A partir daí, Ivan entendera melhor a relatividade do conceito de sorte. Dois dias mais tarde, no hospital, Roger extirpara-lhe a florzinha suspeita por meio de um aparelho introduzido pelo pênis, operação conhecida por uma sigla: RTU, a *Ressecção Trans-Uretral*. Ao acordar da anestesia, Ivan fora mantido no quarto, em observação, para verificar se não teria problemas pós-operatórios. Urinar sangue, vestido num traje hospitalar, num quarto da ala três, tinha sido uma experiência e tanto: era como se a própria vida escoasse pelo pênis num jato ardente como fogo, sem que ele nada pudesse fazer, exceto suportar a dor.

Na segunda visita ao banheiro, a pane: o sangue formara coágulos que bloqueavam a uretra, já bastante machucada pela sonda que extirpara a florzinha mortal. Chamado em socorro de Ivan, um enfermeiro grande e truculento como um boxeador peso pesado o fizera voltar à sonda. Com uma seringa descartável, Varlei introduzira pelo orifício da glande um tubo inteiro de xilocaína, de modo a anestesiá-la, ainda que de maneira precária. Depois, por aquele lugar delicado e improvável, Ivan vira entrar vinte centímetros de um tubo de borracha flexível, operação intolerável mesmo que ele já não tivesse a uretra avariada pelo equipamento cirúrgico.

Passara três dias no hospital com a sonda. Olhava aquela extensão de si mesmo, o tubo que saía de suas entranhas pelo terminal mais sensível, como se sua barriga estivesse sendo explorada por uma companhia petrolífera. Pensara: como alguém resiste a isto?

A dramaticidade se acentuava pelo fato de que nunca fora hospitalizado, nem tivera problema mais grave — na infância, sequer quebrara um braço. Imaginara que adoecer seriamente, andar numa cadeira de rodas ou depender de algum aparelho para viver devia ser insuportável. Porém, sentindo-se ligado à vida somente por aquele canudo incorporado à genitália, dispunha-se a arrastar aquele apêndice para sempre caso necessário. Pela sobrevivência, aceitava até virar terminal de uma garrafa plástica.

Depois que a ferida cicatrizara e ele pudera voltar para casa com seu pênis convalescente, Ivan captara também a relatividade do conceito de cura. O exame citológico do material recolhido revelou que ele era maligno. No estágio em que o pólipo havia sido retirado, ainda superficial, sem raízes profundas, evitara-se o crescimento do câncer, espalhando-se pelo tecido mais profundo, contaminando outros órgãos próximos. Ivan escapara da morte. Porém, segundo Roger, havia 70% de probabilidade de um tumor semelhante àquele reaparecer no primeiro ano após a cirurgia.

— O bom desse tipo de tumor, mesmo maligno — afirmara o médico —, é que ele volta com freqüência, mas não é grave. Não há tratamento, o segredo é o controle. Se surgir alguma coisa, a gente tira.

Dali em diante, Ivan passaria a realizar exames trimestrais para verificar o estado de sua bexiga. Tais exames na prática funcionavam como pequenas cirurgias. Consistiam em ser hospitalizado, anestesiado e receber um cabo com uma câmera de TV inoculado pela uretra. Depois de dar uma olhada na bexiga pelo lado de dentro, Roger picotaria com uma pinça pedaços de epitélio, recolhidos para exame citológico, no qual se investigava a existência de células tumorais.

Depois do primeiro exame trimestral, Ivan tivera alta no mesmo dia. Porém, precisara voltar ao hospital no meio da madrugada às pressas, com a uretra entupida por grumos, formados pelo sangramento dos lugares onde tinham sido colhidas as amostras de tecido e da própria bexiga, inflada com líquido artificialmente, para distender as paredes internas de modo a facilitar a vistoria médica durante o exame. Ele aprendia a duras penas a conviver com a dor. A penitência da entubação, da qual ele antes tanto se queixara, tornara-se um imenso alívio perante a dor maior da bexiga cheia a um ponto explosivo: era glorioso ver aquele líquido amarelo escorrendo por um tubo redentor, rumo a um saquinho plástico descartável.

Só fora liberado em dois dias, depois que a bexiga parara de sangrar e a uretra desinflamara o suficiente para que não tivesse de voltar ali uma terceira vez. Mesmo assim, uma vez em casa, ia sempre ao banheiro na expectativa de novo bloqueio. Olhava para o vaso sanitário, procurando evitar ao máximo o momento decisivo, como se estivesse no último degrau da plataforma de uma piscina de salto. Quando a urina vinha em um fluxo hesitante, Ivan comemorava avistar aquele fio líquido que lhe deixava por dentro um rastro incendiário.

Junto com o sofrimento físico, viera a depressão. Andando pelo quarto do hospital naquela camisola que o deixava de nádegas de fora, arrastando o poleiro onde coabitavam pendurados os saquinhos de soro, medicamentos e do seu próprio xixi, sentira-se reduzido à condição mais miserável e humilhante do ser humano. Pior era o medo que ensombrecera o espírito e abalara a volta à vida normal. Ivan, que jamais se preocupara com nada, dera-se conta de maneira abrupta da sua mortalidade. O efeito mais devastador da doença ocorria na sua cabeça, onde o rato da dúvida roía-lhe a paz. A vida antes era o futuro; de repente, podia ser apenas o passado. A súbita consciência da condição humana lhe caíra como um raio.

Mesmo que negasse, a paranóia o dominava: passou a estudar seriamente pólipos e tudo o que se relacionava com a bexiga, aquele órgão para o qual nunca dera a mínima importância.

— Urinar é preciso, viver não é preciso — dizia, parodiando o verso de Fernando Pessoa.

Assaltava-o um certo sentimento de injustiça, como se Deus o tivesse escolhido por engano. Para atenuá-lo, procurava lembrar que a divindade ao menos lhe dera o dinheiro para se tratar em um bom hospital, com bons médicos, o que não fazia com muita gente. Apegava-se ao que dissera o doutor Roger: no azar, tivera sorte. Descobrira a doença cedo. Entre os muitos tumores possíveis, o seu era dos mais leves.

O lado bom da doença tinha sido a reaproximação com a família. O destino subvertera a ordem natural das coisas. Ivan achava que um dia fosse cuidar de seus pais quando envelhecessem, mas ocorrera o contrário: a doença do filho chamara-os de volta ao seu antigo papel. No hospital, a mãe ficara à sua cabeceira a maior parte do tempo. Lena dera-se conta de que a alma errante do filho, da qual tanto reclamava, não era obstáculo para uma reaproximação diante da notícia de uma doença mortal. Achava a publicidade a mais enganadora das atividades humanas, não gostava muito do que Ivan fazia, ou de quem ele era, mas não o abandonara. Acompanhara-o nos dias dos exames, passou a telefonar para saber da sua saúde, convidava-o para ir à sua casa, onde fazia tortas e bolos de chocolate como nos velhos tempos: Ivan lembrara-se de como era ter o carinho materno.

Luana, a irmã, de quem vivera um tanto afastado pela diferença de idade, quase dez anos, pudera também se aproximar. Na doença, ele tivera de volta a família de sua infância, recuperara um tempo que achava não voltar mais. Talvez por isso, sem admitir abertamente, gostou da idéia de viajar para Compostela com Marcial, naquela noite em que acreditara ter visto o Príncipe de Lata. Seria outra vez o adolescente ao lado do pai, desbravando os mistérios do mundo, como no encontro com aquela entidade que, de tudo o que vira em toda a sua vida, era o que mais perto conhecera do sobrenatural.

Tê-lo visto novamente o fazia estremecer. Tomava-o como um sinal: o Príncipe de Lata voltara para acusá-lo, apontar seus erros, como se Ivan fosse culpado pela doença. O tumor bem podia ser obra de seu subconsciente. Ivan somatizava tudo, essa era a verdade. A cabeça comanda o corpo: quando arruinada, espalha seu fel pelo organismo. Para salvar-se era preciso primeiro curar sua alma, livrar-se da dúvida, extirpar o peso da culpa. Com isso, ele se livraria de todos os problemas. Ficaria bom nos exames seguintes, iria a Compostela com o pai e, como andarilho na terra sagrada, faria de uma vez por todas as pazes consigo mesmo e com a vida.

Para começar, seguiu a recomendação de Marcial. Numa tarde de sexta-feira, depois de reservar o hotel por telefone, Ivan saiu do trabalho rumo a um fim de semana no Fonte de Luz. A noite caiu enquanto o BMW rodava pela via Anhanguera, em meio ao tráfego pesado, que misturava caminhões e veículos de passeio, gente a caminho de casa nas cidades-satélites ou de partida para o fim de semana. Quando Ivan chegou a Piracaia, já no estado de Minas Gerais, parou no posto de gasolina na entrada da cidade para abastecer. Pediu orientação ao frentista.

— Siga toda vida por esta rua, o senhor vai dar numa estrada de terra, continue adiante que vai achar.

Ivan rodou mais meia hora pela estrada de terra, com mata fechada de ambos os lados, até que o farol alto iluminou a placa do hotel. O Fonte de Luz ficava num vale, entre as colinas onde estertorava a serra da Mantiqueira, transformadas durante a noite em silhuetas negras, como dinossauros adormecidos. Ivan esperava encontrar algo como um templo budista, mas o que viu foi um hotel-fazenda comum, um casarão de tijolos aparentes, com um saguão amplo, onde se registrou como hóspede. Encaminhado ao quarto, notou a cama confortável, o suporte para a mala e a porta-balcão que levava a uma pequena varanda com uma rede de algodão cru. Outra porta lateral dava no banheiro, limpo e sem luxos, como o resto.

— Não há aparelho de TV, achamos que isso é contrário ao espírito de meditação — explicou o carregador. — Mas, se o senhor quiser, podemos providenciar um.

— Está bem assim — disse Ivan, e o dispensou com a gorjeta.

Levara consigo uma pilha de livros, prevenido justamente para aquilo. Caso o espírito de meditação o entediasse, poderia passar o fim de semana inteiro lendo na rede. Trabalhava como um insano, ali pelo menos se forçaria a um descanso. Queria saber apenas se resistiria aos maus pensamentos: a hipótese da volta da doença, o medo de novas cirurgias e, por que não admiti-lo, a face do Inexorável Nada. Sem contar o enigma do Príncipe de Lata. Por que aquele personagem do passado retornara à sua vida de repente, vindo das lembranças de adolescência, como um zumbi?

Felizmente, a fome naquele instante sobrepunha-se às preocupações. Ivan empilhou os livros na cabeceira da cama e saiu do quarto à procura do restaurante.

Eram mais de oito horas da noite e o jantar estava servido no salão envidraçado contíguo à recepção. O bufê não lembrava em nada a comida dos faquires: Ivan encheu o prato com uma lasanha e foi sentar-se a uma mesa de canto. O ambiente era iluminado por velas, romanticamente, o que emprestava uma certa ironia à sua situação. Esperava ver ali mais gente como ele, urbanóides solitários, interessados em atividades antiestresse ou algum tipo de anestésico para o espírito. Porém, avistou somente senhores de idade e famílias com filhos pequenos que corriam em volta do bufê depois da sobremesa. Não viu sinal da tal moça hindu ou outra indicação do mundo transcendental de que lhe falara o pai: duvidava até de que tinha vindo ao mesmo lugar.

Nesse instante, entrou no restaurante uma mulher cujas feições Ivan não distinguiu na penumbra; serviu-se do bufê e sentou-se de costas para ele a cinco mesas de distância. Ao longo do jantar, Ivan se esforçou para não levar muito longe sua curiosidade. No entanto, a simples possibilidade de encontrar alguém interessante naquele lugar improvável tirou o seu sossego. Não sabia se ela notara sua presença. Caso tivesse reparado nele, não mostrava. Achou melhor dar pouca importância ao caso; o interesse excessivo podia sugerir que fosse algum tipo de cafajeste ou, pior, de aflito sentimental. E pensou que a segunda hipótese talvez não estivesse tão longe da verdade.

Deixou o restaurante ao término da refeição disposto a dedicar-se ao que se propusera fazer; viera para estar sozinho, sozinho ficaria. Dirigiu-se à recepção, onde a seu pedido um funcionário fez reserva para uma sessão de massagem às dez da manhã seguinte. Seria uma boa maneira de começar o dia depois de um sono faustoso e um lauto desjejum. Por sugestão do recepcionista, marcou também um banho de ofurô no fim da tarde.

Satisfeito, saiu para a varanda, onde uma brisa fresca e um par de cadeiras de balanço convidavam ao descanso. Para sua surpresa, como se estivesse à sua espera, encontrou ali a moça do jantar.

— Olá — disse ela.

Ivan pediu licença para sentar-se na cadeira vazia, o que ela concedeu com um sorriso transbordante de simpatia. Tinha algo de cigana nas feições e nos adereços: um grande colar de contas, braceletes e brincos de argolas grandes. Apresentaram-se. Ela se chamava Gisela, era artista plástica, estava ali para descansar depois de expor suas obras em uma galeria, longe do barulho e da movimentação que cercam os eventos badalados. Contou-lhe que praticava meditação, freqüentava um curso de autoconhecimento e estava inscrita numa sessão de escultura em papel machê no dia seguinte. Mesmo descansando, não desligava completamente do trabalho.

— Você já notou que somos os dois únicos solteiros aqui no hotel?

Ivan achou graça no comentário, dotado de uma espontaneidade sem segundas intenções, sem deixar de criar uma certa expectativa. Reparar naquilo virava outra maneira de dizer que a aproximação de ambos, se não era uma obrigação, aconteceria com naturalidade.

— Já — respondeu ele, com um sorriso.

Gisela gostou de saber que Ivan, como publicitário, de certa forma era também artista, ou alguém que usava a arte de maneira pragmática, para ganhar dinheiro. E que estava ali por recomendação do pai. Ele, porém, evitou maiores revelações. Por instantes, Ivan brincou mentalmente com a idéia de dizer de repente, "tive câncer". Assustou-se com a brutalidade daquela frase, imaginou que qualquer mulher correria de um homem que dissesse aquilo num primeiro encontro, ou mesmo depois dele. O momento mostrava a necessidade de viver sem o espectro da doença. Ele estava curado, segundo lhe dissera o doutor Roger, tinha de acreditar nisso. O câncer não podia ser o assunto da sua vida, nem devia ser.

Conversaram sobre amenidades. Quando terminaram, passava já da meia-noite. Despediram-se com um beijo leve no rosto, entre promessas de fazer algo juntos no dia seguinte. Ivan foi para o quarto. Tirou a roupa e desabou na cama, apenas de cueca e camiseta, ao lado da pilha de livros no criado-mudo. Apanhou um volume, mas não passou do primeiro parágrafo: dormiu um sono de pedra.

Chegou tarde para o café-da-manhã. Ansioso por encontrar Gisela, aborreceu-se quando não viu sinal dela. Comeu contrariado e triste, só de pensar que ela talvez não fizesse tanta questão de sua companhia. Seguiu para a sala de massagem, onde se submeteu aos cuidados de Hélio, um sujeito de dedos nodosos e pouca conversa. O massagista tratou suas costas como massa para pizza e depois o cobriu de toalhas quentes. Funcionou. Ivan voltou para o restaurante com a leveza de um zéfiro.

O almoço compensou o desapontamento da manhã: lá estava Gisela, com o cabelo preso à nuca num coque desordenado que lhe dava o charme da casualidade. A roupa colante deixava ver uma silhueta bem torneada pela natureza e garantida com a ginástica.

— Acordei cedo e fui fazer uma caminhada — explicou ela, como a pedir desculpas. — Você precisa ver como a fazenda é bonita.

Ivan pensou que ela sabia fazer as pazes. Depois disso, seria inaceitável deixá-la almoçando sozinha: convidou-a para sua mesa.

Conversaram por longo tempo. Ivan achou surpreendente que mulher tão encantadora não tivesse namorado. Não precisou ser indiscreto a ponto de lhe fazer perguntas a esse respeito. Ela mesma se encarregou de dizer que fora casada, mas rebelera-se contra o ex-marido, sujeito de posses que procurara enquadrá-la na vida luxuosa mas sem objetivo das madames.

Eles passaram em seguida a discutir aqueles interesses que fazem o importante papel de identificar as pessoas — os livros, os filmes, os lugares, as viagens. Pequenas coisas, pelas quais exploravam seus pontos de identidade, com um certo cuidado, ou desejo secreto de que aquele não fosse somente um encontro fortuito. Seus gostos não combinavam nesses departamentos, mas Ivan já achava delicioso discutir assuntos sobre os quais não falava havia muito tempo. Era sinal de que voltava à vida.

À tarde, a caminho de sua sessão de ofurô, ele passou pela sala onde trabalhava o grupo que fazia esculturas de papel machê. Era formado em sua maioria por crianças. Gisela tinha os braços molhados de gesso, brincava e ria em meio a elas: Ivan se achou tolo, porque a cena lhe tocou o coração. Quando Gisela o viu, acenou. Com o rosto respingado de massa cinzenta, sorrindo, apontou o cavalinho que esculpia, sugerindo que o daria às crianças como brinquedo tão logo secasse. Ivan ficou com aquela imagem na cabeça, mesmo depois, mergulhado na água perfumada do ofurô: Gisela molhada de gesso, Gisela de rosto respingado como as crianças, Gisela e seu cavalinho de papel machê, sorrindo como menina, ou mãe entre meninos, não sabia dizer.

Achou-se egoísta: todo aquele tempo da doença pensara somente em si. De repente se abria para os outros, lembrava-se de que ainda podia fazer algo pelo mundo, para outras pessoas, para uma mulher que amasse, para futuros filhos e todos aqueles de quem gostava. Tinha de dar novo sentido à vida, recuperar a crença no futuro, sem medo da volta da doença, do tempo, ou de ter pouco tempo. Já incluía Gisela nesses planos, foi assim que jantaram juntos aquela noite, agora como namorados, tornando apropriada a luz de velas no restaurante. Ivan tomou a mão dela entre as suas, Gisela tinha dedos longos, elegantes, com unhas curtas, sem esmalte.

— Não adianta pintar porque mexo o dia inteiro com tintas e solventes — disse ela, com um fingido embaraço por sua pequena mazela. — Limpar as mãos o tempo todo arruína a pele, tenho de estar sempre tratando delas com creminhos.

A conversa prosseguiu nas cadeiras de balanço da varanda e por volta da meia-noite eles caminharam juntos para a recepção. Seus quartos ficavam em corredores opostos. Ivan curvou-se para o beijo de despedida. Naquele momento que faz de todos nós adolescentes outra vez, seus lábios procuraram a boca de Gisela, que não fugiu, e beijaram-se longamente.

Houve aquele momento psicológico no qual olharam um para o outro, como a perguntar sem palavras se levariam seu contentamento para a cama. Nesse instante, tudo o que Ivan prometera a si mesmo se esfumaçou: o receio da doença voltou como um sinal vermelho. Há muito tempo não fazia amor com alguém, aquilo que ele usava para fazer sexo andara murcho e doído como um passarinho machucado, receou que o atrapalhasse na hora H. Um vexame seria ultrajante demais para a sua auto-estima já em frangalhos. Ao mesmo tempo, aquela era uma boa desculpa para não se enredar. Uma frustração amorosa teria efeito ainda pior: seus sentimentos estavam mais feridos que o organismo. Fosse qual fosse a razão, um mecanismo autoprotetor bloqueou a ação. Preferiu fingir que não queria avançar o sinal e despediu-se com um sorriso jovial e um "boa noite" que mal lhe saiu da boca.

Caminhou para o quarto entre um certo alívio e um arrependimento devastador. Ao abrir a porta, viu a pilha de livros à cabeceira. Sentiu as pernas moles, da mesma forma como naquela noite encontrara o Príncipe de Lata na frente de casa, como se estivesse ao mesmo tempo diante de algo temido e que não pudesse evitar. O medo pareceu-lhe menor que a necessidade de abrir uma porta para algo desconhecido.

Deu dois passos para trás e encontrou-se outra vez no corredor. Trancou a porta por fora, cruzou a recepção com passos firmes e enveredou pelo corredor oposto, que levava ao quarto de Gisela. Bateu à porta com o coração palpitante. Entre o som da madeira ecoando e o giro da maçaneta passou um século. Gisela surgiu, rosto estampado por uma paradoxal mistura de certeza e espanto.

— Pensei que você fosse um cavalheiro — disse ela.
— Eu também.

Gisela sorriu, aquele sorriso do qual ele já se tornava dependente. Quando ela o puxou para o quarto, a porta bateu às suas costas e a escuridão o envolveu, foi como se Ivan seguisse seus instintos mais primitivos. Os dedos adivinhavam os lugares certos, os cheiros o guiavam de olhos fechados, movia-se atraído pelo calor. Enquanto deitava Gisela sobre a cama, pensou no supremo privilégio de poder desfrutar da sensação da carne, o tremor da emoção, a própria pulsação da vida.

Afinal, entendeu o medo. Era a certeza de perder tudo aquilo, ou, pior que isso, a sensação da iminência de perder tudo aquilo, como naquela noite em Corumbá, quando pela primeira vez se vira no escuro, ouvindo o coração bater dentro do peito. E repetiu as mesmas palavras, não a si mesmo, como fizera ao avistar os vultos que avançavam sobre o táxi, ou para Gisela. Foi um murmúrio, quase uma prece, dirigida à vontade superior que governa o mundo: por favor, preciso de tempo, só um pouco mais de tempo.

* * *

No Pantanal, os três homens armados andavam rápido em direção ao táxi, mas aos olhos de Ivan vinham em câmera lenta, como num pesadelo.

— Desçam — disse o motorista, virando-se para trás, rosto mergulhado na sombra.

Pai e filho não queriam sair do carro, mas sabiam que de nada adiantaria ficar. Sem palavras, desceram, deixando-se envolver pela úmida e abafada noite pantaneira. Ivan colocou a mochila às costas e esperou, com pernas vacilantes e um frio metálico na espinha. O homem que vinha à frente usava calça cáqui, diferente dos outros, que andavam em calças de jeans surradas. Estavam todos em mangas de camisa, com a barba por fazer e cara de poucos amigos. Ivan, porém, reparava pouco na sua fisionomia: estava hipnotizado pelas metralhadoras a tiracolo, que disparavam o seu senso de perigo.

— Vocês pretendem tomar o trem para Santa Cruz?

Falara o primeiro, mais alto e circunspecto do trio, trovejando como a autoridade máxima por ali.

— Sim — disse Marcial.

— Venham.

— Estamos com o rapaz do táxi — disse Marcial, olhando para trás, como se o inamistoso motorista já fosse o único amigo que lhes restava, pelo simples fato de ter convivido com eles no trajeto até ali.

— Não se preocupe com ele — disse o homem.

O rude comitê de recepção os conduziu para a casinhola logo adiante. Lá, numa pequena sala, havia um brasão da República colado na parede, atrás de uma mesa onde repousavam alguns carimbos e uma efígie de Nossa Senhora Aparecida. Aquele era o posto de fronteira da Polícia Federal. Nem isso aliviou Ivan. Se aqueles eram os policiais por ali, imaginava os fora-da-lei.

— Passaportes — requisitou o chefe, sentando-se à mesa.

— Turistas?

A luz fraca do teto mal deixava ver seu rosto duro, emoldurado por uma basta cabeleira negra, herança de antepassados índios. Quando Marcial assentiu, o policial balançou a cabeça, com ar de reprovação, como se confirmasse a suspeita de estar diante de dois irresponsáveis. Pediu dinheiro, no que foi atendido. Folheou os passaportes, carimbou-os e fez um sinal de dispensa.

— Boa sorte.

— Vamos tomar o trem para Santa Cruz — disse Marcial, reassumindo a confiança. — A estação fica longe?

— Melhor vocês correrem — disse o policial. — Ainda têm de passar pelo posto boliviano e o trem parte às nove. É por ali.

Ivan e Marcial saíram apressados pela porta indicada, do outro lado da sala, balançando as mochilas nas costas. A cem metros de distância, num terreno baldio, encontraram outra casa, com um par de portas-balcão que dava passagem a uma área parcamente iluminada. Lá dentro, três funcionários bolivianos à paisana sentavam ao redor de uma mesa, entretidos com o baralho. Olharam os recém-chegados como se fossem cães sarnentos. Um deles pediu os passaportes. Antes de carimbar os documentos, o homem mencionou uma soma astronômica em pesos bolivianos.

— Não temos pesos — disse Marcial. — Acabamos de chegar da estação do trem em Corumbá.

— Vocês podem pagar então em dólares — disse o homem, em castelhano. — Quinze dólares.

Marcial olhou o relógio, um velho Orient de aço escovado que jamais falhara. Faltavam quinze minutos para as nove da noite. Não havia o que discutir. Tirou do bolso algumas notas, reservadas para despesas imediatas. Separou quinze dólares. O boliviano recebeu o dinheiro, carimbou seu passaporte e o devolveu.

Ficou, porém, à espera.

— O que houve? — perguntou Marcial.

— Mais quinze dólares — respondeu o funcionário, apontando Ivan com a cabeça.

Depois de embolsar o dinheiro, o policial voltou ao carteado, como se eles não estivessem mais ali. Marcial e Ivan saíram com a sensação de terem sido enganados, mas não importava: estavam livres para prosseguir. Saíram da alfândega trôpegos, apertando os olhos, até acostumá-los ao escuro outra vez. Surpresos, deram com o taxista estacionado logo adiante. Aparentemente, tinha trânsito livre na fronteira: deixava os passageiros de um lado, apanhava-os do outro.

— Vamos — disse ele. — Vocês não vão querer se atrasar.

Embarcaram novamente no táxi. Do posto de fronteira boliviano foram poucos minutos até Quijarro, um amontoado de casebres e barracões sem iluminação, exceto por uma luz ou outra colocada diante de uma porta. O táxi rodou por ruas estreitas e barrentas, quase tirando a tinta dos carros estacionados de ambos os lados da via sem calçadas. Pela janela, Ivan admirava a presença de tantos veículos de luxo naquele fim de mundo, em perfeito contraste com a miséria do lugar. As placas de São Paulo, Osasco e outras cidades brasileiras indicavam tratar-se de carros roubados, passados para o lado boliviano. Um Mercedes branco como os que levam as noivas à igreja balançava de maneira selvagem, vidros cobertos por um véu de água condensada, sinal inequívoco da principal vocação daquele lugar, além do contrabando e da receptação. Quando o táxi saiu daquelas ruelas, entrando num amplo terreno baldio, eles avistaram aliviados o longo barracão da estação ferroviária.

— Chegamos — disse o motorista, virando-se para receber o pagamento. — São ainda cinco para as nove, acho que mereço também uma gorjeta.

O pai pagou o combinado, e um pouco mais: afinal, estavam lá. Quando eles desceram e o táxi desapareceu por uma viela, deixando-os sozinhos naquele lugar ermo, arrependeram-se imediatamente. Sem saber como voltar para trás, caso necessário, estavam ilhados.

Chapinharam pelo terreno enlameado até o barracão. Adiante, avistaram a plataforma, onde o trem deveria estar. Marcial examinou o relógio: faltavam dois minutos para as nove, mas ali não havia trem, nem vivalma.

— E agora? — perguntou Ivan.
— Vamos perguntar.

Aproximaram-se da bilheteria. Diante do guichê, um buraco pequeno na parede descascada, havia uma fileira de grandes pedras depositadas no chão, como uma serpente adormecida. Evitando pisar nas pedras, foram bater à portinhola, mas ninguém respondeu. Lá dentro, não havia luz. Não havia bilheteiro, não havia trem, nem passageiros. Só eles e aquelas pedras.

— Acho que fomos enganados — constatou Ivan.

— Com certeza há algo errado — disse Marcial.

Estavam exaustos. Há dois dias não tomavam banho. Na pressa com que haviam deixado Corumbá, sequer tinham feito uma refeição. A fome apertava. Olharam em torno. Toda a área da estação parecia envolta por um silêncio arrepiante. Marcial agachou-se: embaixo das pedras enfileiradas, havia pedaços de papel com o nome de pessoas que assim marcavam o seu lugar. Aparentemente, somente eles em Quijarro tinham pressa.

— Temos de achar um lugar para comer — disse o pai. — E um hotel.

Foi como se contasse uma piada: de fato, não havia nada como o Sheraton à vista.

Sem o táxi, voltaram a pé pelas ruelas por onde tinham vindo. Com os sapatos pesados de lama, evitando a água empoçada, passaram em silêncio pelo Mercedes branco, janelas fechadas pela cortina de vapor, agora em estado de repouso. Avistaram uma barraca de comida com uma luz acesa: diante de um boliviano com aspecto de açougueiro, fumegavam numa grelha espetinhos de morcilha e carnes malcheirosas. A fome de Ivan foi engolida: a simples visão daquela comida o saciara.

— Viemos tomar o trem para Santa Cruz — disse Marcial ao boliviano atrás das morcilhas, acomodado em uma cadeira dobrável. Parecia tranquilo, à espera de que algum cliente, depois de se exercitar no banco dos veículos da redondeza, desejasse outro tipo de regalo.

— Péssima idéia — respondeu o vendedor, em português.

— Disseram que o trem saía daqui às nove da noite. Mas a estação está vazia.

O vendedor riu, revelando dentes apodrecidos.

— Você acha que isto aqui é a Suíça? — disse. — De fato, o horário do trem é às nove, mas hoje ele não vai sair, pois a máquina está quebrada. Parte somente amanhã de manhã. Talvez.

Pelo vendedor, eles souberam que a fila de pedras personificando os ocupantes em seus lugares era uma instituição local, já que o trem podia se atrasar por horas, ou mesmo dias.

Ivan e Marcial se entreolharam.

— Há alguma possibilidade de voltarmos a Corumbá?

— Se convencerem alguém a levá-los lá... — disse, apontando o Mercedes de vidros embaçados. — Mas acho que o pessoal não gostará de ser incomodado. E a esta hora os postos de fronteira já devem estar fechados.

Não era animador. Ainda mais considerando que na manhã seguinte, de qualquer modo, eles deveriam estar de volta.

— Há algum hotel por perto? — perguntou Marcial.

— Dobrem a segunda à direita, encontrarão a pensão da Rosa. Ela pode ter um quarto.

Depois de recusar com muitos agradecimentos a oferta de morcilhas para a refeição, Ivan e Marcial chapinharam no caminho indicado. Quijarro era quente: mesmo com o avançar da noite, o calor só aumentava. Os mosquitos levantavam das poças d'água em esquadrilhas vorazes. Ao cansaço e à incerteza somava-se a irritação com as picadas. Ivan pensou em sua casa, na cama bem-arrumada, no jantar caprichado da mãe: chegou a desejar um precoce ponto final para aquela viagem.

Encontraram afinal a pensão da Rosa, cujo nome figurava em uma placa tão deteriorada que mais lembrava a inscrição de uma taberna romana num sítio arqueológico. A construção era baixa, com uma pesada porta de madeira e uma grade no chão para que os hóspedes desembarrassem os pés. Na falta de campainha, bateram com firmeza. Depois de muita insistência, atendeu um pequeno boliviano, com quarenta anos de idade, nariz redondo, camisa aberta até a metade do peito sem pêlos.

— O que querem?

— Falar com a Rosa.

— Rosa é minha mulher. Ela não está.

— Precisamos de um quarto — disse Marcial. — O trem só sai amanhã e não temos onde dormir.

— Não há quarto vago.

— Será que em outra pensão podemos achar algum?

— Não creio.

O boliviano olhou para os dois mochileiros. Com um sorriso lateral, procurou mostrar alguma simpatia.

— Vamos ver... Entrem.

Abriu a porta. Para surpresa de Ivan, ao passarem para o outro lado continuavam em céu aberto. A casa provavelmente ruíra, deixando apenas a fachada, como numa cidade cenográfica. Diante deles, repousavam duas cadeiras com espaldar alto, numa espécie de ante-sala sob as estrelas. Mais adiante, uma escada dava em um comprido corredor entre duas construções paralelas, cobertas cada uma por um telheiro baixo, com fileiras de quartos à direita e à esquerda. A pensão da Rosa sugeria mais uma estrebaria que um albergue para humanos.

— Todos os quartos estão ocupados — disse o estalajadeiro. — Mas vocês podem passar a noite aqui, nestas cadeiras. Por vinte dólares apenas. É melhor que ficar na rua.

Cansado demais para duvidar, Marcial pagou os vinte dólares — adiantados, por exigência de Pablo, como disse chamar-se seu hospedeiro. Em seguida, ele explicou que precisava sair e, sem mais, deixou-os ali, trancando a porta à sua passagem.

— Tenho fome — lembrou Ivan.

— Vamos dormir — aconselhou o pai. — Ela passará.

Acomodaram-se nas cadeiras, sem conseguir pregar o olho. Apesar do calor, Ivan e Marcial retiraram seus agasalhos das mochilas para proteger-se dos insetos que infestavam o lugar, picando-os cruelmente. Suando, cobriram-se como múmias até a cabeça e aquietaram-se na esperança de sobreviver àquela tortura.

Mesmo com seus algozes zunindo ao redor como aviões de caça, o cansaço extremo fez Ivan mergulhar numa espécie de torpor, substituto do sono. Talvez eles tivessem ido assim até raiar o sol, abençoando aquele par de cadeiras em lugar tão improvável, quando pelo meio da madrugada ouviram um estrondo. A porta da pensão foi arremessada contra a parede, girando violentamente nas dobradiças. Ivan e Marcial deram um salto, livrando-se da roupa que lhes encobria a visão. Aos gritos, entrou um grupo de bolivianos, com a baba dos bêbados a correr pelo canto da boca, derrubando tudo que encontravam pela frente.

Na vanguarda do bando, vinha um homem de grandes bigodes, olhos maus e hálito penitenciário, que os encarou gritando com voz gutural:

— Quem são vocês?

A resposta ficou na garganta da dupla assustada e estarrecida. Na Bolívia, como Ivan já pressentira, valia mais que em qualquer outro lugar a máxima de que o ruim sempre pode piorar.

* * *

Para quem estava preparado para uma decepção, a experiência no Fonte de Luz foi uma extraordinária reversão de expectativas.

Ivan voltou a São Paulo na noite de domingo trazendo sua pilha de livros intacta e o corpo e a alma lépidos, graças à massagem, ao ofurô e, sobretudo, a Gisela.

Passara toda a noite de sábado no quarto dela. Ao contrário do que esperava, ultrapassara com desenvoltura a dor física remanescente do último exame da bexiga e os obstáculos psicológicos: possuíra-a como um bárbaro. Acordaram juntos, tomaram lado a lado o café-da-manhã, passearam pela mata ao redor do hotel, almoçaram e Ivan, como mostra de que não deixara de ser um cavalheiro, ou talvez para impressionar Gisela, se despediu depois de deixar paga a conta dela no hotel.

Na segunda-feira, depois do trabalho, ligou para Marcial.

— Fui ao Fonte de Luz.

— E então?

— Nunca pensei que um spa espiritual fosse me fazer tão bem.

Não mencionou Gisela: era muito cedo. Preferiu comentar os passeios, a massagem, o ofurô. Porém, estava tão entusiasmado que esqueceu até de contar ao pai sobre o misterioso ressurgimento do Príncipe de Lata. O momento ocupava todos os seus pensamentos.

Encontrou Gisela de novo na noite seguinte. Ela morava num flat alugado nos Jardins: um dúplex com cozinha americana, uma mesa de vidro, a sala pequena, mas de pé-direito alto, e um mezanino onde ficava a suíte. As paredes estavam cobertas com quadros de sua autoria. Gisela pintava abstratos, sempre com uma sugestão de algo familiar: aqui Ivan pensou ver uma flor, ali descortinou uma casa no campo, acolá uma mulher na praia. O mundo imaginário de Gisela era como uma realidade distante, ou imagens trazidas do inconsciente. Tudo tinha cores vibrantes, algo fauvista: com as tintas, ela jogava vida sobre a matéria inanimada.

Faziam amor de maneira ardente. Depois de comer o camarão com vinho branco que ela serviu, Ivan deitou-a no chão e rolaram pelo tapete cinzento como gatos, até que a fibra sintética lhes queimou a pele. Gisela levou Ivan para o mezanino. O quarto estava também decorado com seus quadros, mas a mobília tinha um toque oriental. Um tatame grande servia de estrado para o colchão, outro menor estendia-se a um canto: ali Gisela meditava. Um abajur de papel-arroz emitia uma luz esverdeada. "Está escrito paz e sabedoria", ela disse, ao notar o interesse dele pelos caracteres japoneses gravados no objeto. Ela apertou o botão do CD-player, de onde subiu lentamente uma música tantalizadora, acendeu um palito de incenso e jogou as roupas que eles arrastavam pela mão sobre um biombo de palha.

Ivan a tomou pela cintura, levantou-a como uma bailarina e a desceu sobre a cama. Amá-la ali foi como estar num lugar exótico, um país distante, com o gosto de canela da pele morena de Gisela, a volúpia dos seus cabelos anelados e os olhos de cigana faiscando na penumbra. Quando terminaram, ele pensou: não sei o que é o nirvana, mas não pode estar muito longe disso.

Conversaram enganchados na cama a maior parte da noite, esquecidos de que o dia seguinte seria de trabalho. Ivan jamais imaginara que pudesse gostar de uma mulher que relaxava em posição de lótus, lia livros sobre anjos e acreditava em reencarnação, mas quanto mais ela falava, mais se interessava. Ele vivera como o pai, escravo da Razão. Percebia agora, talvez como Marcial, quanto se enganara. Desprezara o que a maioria das pessoas colocava intuitivamente acima de tudo: a fé. Um ser humano que ignora a espiritualidade perde uma dimensão da vida. Sentiu-se plano e burro como uma folha de papel em branco.

Vivera com sua miopia, mal que herdara do pai no sentido figurado e literal. Ivan descobrira seu problema aos oito anos de idade, num campo de futebol. Marcial estranhara que o filho olhasse para o alto, em vez de prestar atenção no jogo, até lhe perguntar onde estava a bola: Ivan não soubera responder. O míope sempre acredita ver tudo, até enxergar através de lentes pela primeira vez. Com os óculos, enfim percebe como o mundo antes visto apenas pelos outros é maravilhosamente cheio de detalhes. Ivan queria ter uns óculos que lhe mostrassem a verdade sobre o Príncipe de Lata, quem era ele, o que queria e por que rondava sua casa, seu subconsciente, ou sua imaginação. Antes, ele encararia aquela aparição e tudo o que considerava inexplicável com a miopia do ceticismo. Agora, achava que o mundo no mínimo devia ser bem mais interessante para as pessoas que se dispunham a enxergar mais coisas.

Aquele sentido tão pouco desenvolvido em Ivan transbordava em Gisela. Ela freqüentava um grupo de *pathwork* e lhe explicou o que era — gente que se reunia em grupos para discutir assuntos espirituais e temas ligados ao desenvolvimento afetivo e o relacionamento. Dizia não se tratar de uma seita, ou de uma religião, mas de uma congregação de pessoas com o objetivo de ajudar umas às outras. Havia células daquilo no mundo inteiro, gente inteligente, mas gente com angústias. Gente como Ivan.

Com o grupo, ela aprendera a importância da meditação. Ivan se lembrou nesse instante do que lhe dissera o pai no bar São Cristóvão algumas semanas antes: "Meditar é prestar atenção no que você está fazendo". Nunca prestara atenção em si mesmo, era uma espécie de ostra, fechado para o mundo, sem que isso o fizesse olhar com mais clareza para dentro. ("O grande aprendizado é com as pessoas", dissera o pai.) O câncer revelara a verdade. Ele não estava preparado para enfrentar a finitude porque não se preparara para a vida: faltavam-lhe alma, espírito, energia. Para mudar teria de aprender como o pai, míope da mesma miopia: com os outros.

Gisela bem poderia ensiná-lo: ele se transformaria pelo caminho do amor. Com cada mulher com quem vivera, Ivan crescera um pouco mais. As mulheres de sua vida tinham sido sua janela para o mundo. De repente se sentia como se tivesse tirado a sorte grande. Não podia ser coincidência: Gisela aparecera no momento em que mais precisava. Foi ali, no mezanino do flat onde ela morava, que lhe contou seu problema. Falou do tumor, do medo que sentira, com uma honestidade espantosa para ele mesmo. Gisela não se assustou, nem o rejeitou, muito menos o tratou como alguém marcado por uma doença letal. Agiu como se nada daquilo tivesse importância.

— Vai ficar tudo bem — garantiu ela, com uma certeza que bastou para lhe dar segurança.

Ela já lidara com situações extremas, tivera a experiência da mãe, falecida de câncer anos antes, depois de um doloroso definhamento. Gisela sofrera, mas soubera superar a perda, aprendera a lidar com situações extremas. Tinha algo de budista, a Ivan pareceu natural que uma reencarnacionista não precisasse se preocupar com a morte. Na realidade, a mãe de Gisela estava presente em toda parte, no que ela pensava, fazia, em sua casa. "Aquela caixa de jóias era dela", explicou a namorada, apontando o objeto ao lado do abajur japonês, "os lenços que uso também; aquele retrato na parede é de minha mãe, fui eu que o pintei, ela já estava muito doente. Minha mãe está comigo todos os dias, como eu sei que estarei sempre aqui."

Aquela simplicidade deixou Ivan boquiaberto, como diante de um truque de mágica. Para perder o medo da morte bastava acreditar na vida eterna. Porém, como? A melhor referência da fé que possuía era do tempo de criança, quando ele sonhava ser capaz de voar: com essa simples crença levantava os pés do chão e, quanto mais confiante se sentia dessa capacidade, mais alto conseguia chegar.

Mais tarde, enquanto dirigia para casa, furando os sinais vermelhos nas ruas desertas da madrugada, perguntava-se por que Gisela e tanta gente buscava conforto nas crenças orientais. Ele mesmo gostaria de saber o motivo do seu afastamento do catolicismo. Criado sobre as velhas raízes da família cristã, assim como o pai, agora via na sua experiência védica uma nova forma de salvação. Concluiu que o catolicismo representava para ele e Marcial a tradição, as crenças conhecidas, o velho mundo que eles justamente queriam quebrar, porque não os livrara da angústia do tempo, nem do sentimento de culpa, inculcada profundamente no cristianismo. Era a culpa que o matava, transformada em vingança da alma, devorando suas células: deixara para trás o tempo, as mulheres, os amigos, sem construir nada de concreto. Agora a vida cobrava seu preço, tirava o tempo em que ele ainda podia fazer alguma coisa, ameaçava liqüidá-lo sem nada.

Precisava do antídoto para aquela sensação de que nem o perdão divino seria capaz de salvá-lo, dando-lhe tempo para recuperar-se como ser humano. Gisela seria o seu remédio, sua cura, sua ponte para sobreviver. Ela não tinha medo, não cultivava a culpa, isso já o deixava também mais leve. Desfrutou dessa sensação nas semanas seguintes, temperadas com as delícias da paixão. Gisela tirava o peso da vida quando o afagava por baixo da mesa com o pé descalço, no jeito despudorado com que ria nos lugares públicos, brincava com os cachorros de rua, ninava os bebês que encontrava pelo caminho, ou conversava com as pessoas, mesmo as desconhecidas. Gostava de gente, dos bichos, da natureza. Em vez de brigar com o mundo, integrava-se a ele.

Ao lado dela, Ivan passou a olhar deslumbrado as coisas mais simples, como se fosse recém-chegado de um outro planeta. Gostava sobretudo de ver o céu. Nos hotéis para onde eles passaram a viajar em fins de semana, durante o dia observava o movimento das nuvens, à noite contava estrelas cadentes. Dava-se conta da mutável materialidade do universo e de si mesmo, um corpo que mandava sinais do final do seu ciclo. Buscava recarregar-se de vida também na natureza. Em casa, tomava banhos de sol nu ao lado da piscina, deliciado com a sensação do calor na pele, que o enchia de uma nova energia vital. Quando caíam as tempestades de verão, levava Gisela para o jardim, rolava com ela no gramado encharcado e lambia as gotas que corriam entre seus seios como se tivesse encontrado a fonte da eterna juventude.

Sua namorada tomava conta de sua vida; realizava prodígios até em Arlinda. A empregada, uma mulher de cinqüenta anos, criada na secura do agreste paraibano, era uma funcionária diligente, educada com convidados e discreta na convivência com o patrão. Contudo, tinha aquele olhar parecido com o da mãe de Ivan, desgostoso, reprovador, como se ele fizesse parte da desordem doméstica. Bem imaginava o que Arlinda pensava da sua maneira de lidar com as mulheres, da sua volatilidade afetiva, da natureza da sua profissão, da ostentação por possuir uma casa tão grande que a maioria dos seus cômodos servia apenas para que ela os limpasse. A empregada o enxergava com o desprezo aos abonados que caracteriza os mais humildes, como se um estilo de vida faustoso e a infelicidade fossem produto da mesma fonte: uma ignorância única e profunda da vida.

Isso, porém, mudou completamente após o surgimento de Gisela. Simples, despojada, acessível, a namorada logo conquistou a simpatia da assistente. Convidava Arlinda para cozinharem juntas, discutiam os assuntos domésticos, a novela, as notícias da TV e do jornal. À distância, Ivan ouvia as duas mulheres rindo: imaginava se riam dele, ou por causa dele. Nunca vira Arlinda sorrir na vida e com Gisela ela ria solto. Aos poucos sentiu essa influência benfazeja transferindo-se para ele. Afinal, Ivan surpreendeu Arlinda olhando-o com outros olhos, como se na sua sisudez começasse a aprová-lo, ou visse nele alguma transformação para melhor, só por ter escolhido aquela nova companhia. Passava a ter esperança no patrão.

Aquilo o animou a dar o passo mais ousado. Se Arlinda aprovava Gisela, Ivan achou que havia uma chance com sua mãe. Perto de Lena, mesmo com sua aridez nordestina, a empregada era um docinho. A mãe nunca gostara das mulheres que ele escolhia. Chegava a tiranizá-las, como se visse nelas uma extensão do que desaprovava no filho. Lena agia desde o primeiro instante como se soubesse que aqueles relacionamentos não iriam durar. O tempo provara que tinha razão, nenhuma delas durara, mas Ivan magoava-se, pois esperava dela o apoio maternal, não a postura permanente de uma censora, ou de uma apostadora sistemática na sua infelicidade.

Convidou Lena para um chá com Gisela. Sentaram-se à mesa de vime no jardim, numa tarde de domingo. Rapidamente Ivan se transformou num mero espectador da conversa: a química entre ambas as mulheres funcionou tão bem que elas se esqueceram de sua presença. Gisela e a mãe riram, conversaram sobre tudo e todos, trocaram receitas culinárias, abraçaram-se e no final saíram como amigas de longa data. Ivan pensou: acho que isto está ficando realmente sério.

Gisela conquistou sua mãe e aos poucos passou a dirigir sua casa, orientando Arlinda no trabalho doméstico. O jantar que Ivan encontrava à noite ao voltar do trabalho ganhou deliciosas novidades, a sala recebeu flores, alguns móveis mudaram de lugar. De uma hora para outra sua vida parecia arrumada, o que jamais lograra até então. Restava apenas saber se os seus fantasmas iriam embora. Todas as vezes em que chegava em casa, Ivan olhava para os lados, na expectativa de encontrar o Príncipe de Lata. Pensava nele com freqüência, mas ainda não tivera coragem de revelar sua aparição ao pai, ou a mais ninguém.

Às vezes a namorada dormia em sua casa, mas preferia que Ivan dormisse no apartamento dela; dizia que lá se sentia mais à vontade. Ele não entendia o que podia haver de errado com um lugar com três quartos sobrando, uma sala onde poderia tocar uma orquestra sinfônica e um jardim com piscina e três palmeiras imperiais. Por fim, ela explicou que gostava da casa, é claro, mas sentia ali algo estranho, como se houvesse alguém a assombrá-la. Ivan arrepiou-se. Era como se Gisela soubesse do Príncipe de Lata, de alguma forma: talvez pudesse pressenti-lo. A namorada possuía intuição, talvez da mesma natureza que o fizera enxergar aquela noite o estranho personagem. Ivan não acreditava em coisas que não sabia explicar, mas se acreditasse explicaria muitas coisas.

Teve vontade de lhe contar a respeito daquela viagem com Marcial, tanto tempo antes, onde vira o Príncipe de Lata pela primeira vez. Gostaria de saber o que Gisela diria se revelasse tê-lo visto ali mesmo, diante de casa, pouco antes de conhecê-la. Pensou nas palavras que podia usar para descrevê-lo: aparição, espectro, fantasma. Não achou a definição mais certa, nem soube começar. Tudo o que disse, afinal, foi:

— O que podemos fazer?

— Vamos mudar um pouco isso aqui — disse Gisela. — Eu tenho uma amiga capaz de ajudar.

— Uma amiga? — perguntou Ivan.

— Na verdade, uma bruxa — disse Gisela.

— Uma bruxa?

Ela passou os dedos entre os cabelos dele, beijou-o, tentou tranqüilizá-lo.

— Bobinho — disse. — Deixe comigo.

Sim, ele deixaria. Lembrava-se, em sua experiência na viagem a Machu Picchu, que às vezes o incrível pode acontecer, desde que você vá atrás dele. Que viesse a bruxa: talvez estivesse com ela a solução do mistério.

* * *

Os bolivianos que cercavam Marcial e Ivan na pensão da Rosa cessaram a gritaria para examinar melhor aquela dupla esquisita, com os pés sobre as mochilas depositadas no chão, agasalhados até as orelhas como se estivessem nos Alpes suíços e não no calor pantaneiro.

— Quem são vocês? — insistiu o líder da turma.

Agora reinava o silêncio: havia grande expectativa em torno da resposta.

— Brasileiros — disse Marcial.

Os bolivianos se entreolharam. No mesmo instante, desataram numa grossa gargalhada. O mais bêbado e abusado dos estranhos adiantou-se, falando em um castelhano com rebarbas de português.

— Brasileiros! — bradou, exultante, como se isso explicasse tudo. — Contem, como andam as coisas do outro lado?

O bando se acercou, cravando em pai e filho uma avalanche de perguntas que combinavam com sua condição cerebral. O líder, que se apresentou como Pancho, bateu a mão pesada no ombro de Ivan como um velho amigo, enquanto procurava explicar em castelhano, àquela hora, algo sobre a política local.

Ivan nada entendeu, mas isso não importava. Ao final, feliz com a paciência dos ouvintes, ou disposto a mostrar a hospitalidade boliviana, Pancho lhes fez uma oferta.

— Escutem — disse ele. — Eu tenho três quartos alugados nesta pensão. São para meus amigos aqui. Vamos encontrar umas *chicas*, provavelmente demoraremos a voltar. Por que vocês não ficam em um de meus quartos até lá? Será certamente melhor do que estarem plantados nestas cadeiras desconfortáveis!

Com salvas à generosidade do fraterno povo boliviano, o convite foi aceito de imediato. Diplomaticamente, Ivan e Marcial acompanharam Pancho pelo corredor entre os quartos da pensão e ele lhes abriu uma das portas.

— Até logo! — disse o anfitrião. — Aproveitem o sono. Não há nada melhor que dormir, a não ser as *chicas*!

Saiu, batendo a porta atrás de si, estimulando aos gritos os companheiros que ainda podiam manter-se em pé a voltarem para a gandaia.

O quarto tinha o tamanho e o aspecto de um cocho. Era ocupado por uma cama de casal, sem travesseiros ou lençóis. Ivan e Marcial se deitaram ali, nauseados com o cheiro de guano que emanava do colchão. Não podiam livrar-se dos agasalhos, porque os mosquitos também se hospedavam lá dentro. A roupa do corpo, já imunda, impregnava-se com o cheiro do lugar. No entanto, poder deitar foi um alívio e o cansaço acabou por vencê-los.

Ivan não soube quanto tempo dormiu: talvez não mais que meia hora. Quando seu sono se tornava mais profundo, a porta quase veio abaixo. Surgiu, novamente, Pancho à frente de seu bando. Dessa vez, contudo, ele não parecia o boliviano amistoso de antes. Ébrio como nunca, trazendo atrás de si os amigos e as suas *chicas*, esquecera por completo quem eram aqueles sujeitos.

— O que estão fazendo aqui? — urrou, lançando-se raivoso sobre a cama, junto com três asseclas.

Dizem que os cães são capazes de recuperar a consciência de forma imediata. Graças a isso, por exemplo, podem escapar de um atropelamento, passando do sono à ação sem nenhum estágio intermediário, ao sentir no corpo o roçar do pneu. Verdade ou não, Marcial e Ivan foram como cães: saltaram da cama com tamanha rapidez que surpreenderam os atacantes. Embrenharam-se no meio deles, puxando as mochilas a reboque, e como que por milagre atravessaram aquela muralha humana. Subitamente, viram-se no corredor.

Sem tempo para ter vergonha de fugir, subiram voando a escadaria, atravessaram a porta de entrada e lançaram-se na rua, correndo até perder a pensão de vista. Quando pararam, estavam novamente na estação ferroviária, arfantes, assustados, encharcados de adrenalina.

Ivan olhou para a rua de onde tinham vindo, à espera da turba de bolivianos em seu encalço. Contudo, na estação, planava o silêncio, só cortado pelo rufar de um tambor que devia ser seu coração dentro do peito. Marcial olhou o Orient: ainda eram quatro e meia da manhã.

— E agora? — perguntou Ivan.

— Agora — disse Marcial —, vamos esperar.

Eles caminharam até a plataforma do trem e sentaram-se nas mochilas. Com a madrugada, o calor diminuíra e os mosquitos tinham ido embora, mas suas picadas agora ardiam, doíam e coçavam. Ivan enfiou a mão por dentro da camisa para se esfregar. A sujeira úmida de suor formava uma pasta malcheirosa no plexo. Olhou para Marcial, cujos óculos quadrados, saindo do capuz improvisado, como uma coruja a espreitar de uma caverna, emolduravam os olhos inchados de sono. Ao constatarem um o estado do outro, pai e filho riram. A situação era terrível, mas tinham escapado vivos daquela confusão e logo estariam a caminho de Santa Cruz.

A manhã trouxe luz a um céu sem nuvens, fazendo com que o ânimo melhorasse. Vista de dia, com suas ruas de terra esburacadas, poças d'água fétidas e casebres arruinados, a vila de Quijarro parecia remanescente de uma guerra. Aos poucos surgiam os primeiros passageiros, como sobreviventes depois de um bombardeio. A maior parte deles era de bolivianos levando crianças, pesadas trouxas, malas e sacolas. Por volta das sete horas, o mesmo boliviano que no dia anterior vendia morcilhas nas proximidades da Pensão da Rosa surgiu. Armou uma mesa na plataforma do trem, ao lado de um caldeirão, aquecido sobre um botijão de gás. Estômago rugindo, Ivan e Marcial achavam-se dispostos a comer qualquer coisa. Farejaram a gororoba, de difícil identificação. Marcial perguntou o que era.

— Sopa de tripa de burro — disse o vendedor. — Muito boa. Experimentem.

Mesmo sendo a única coisa disponível para comer ali, Ivan achou que o leão em seu estômago ainda podia reclamar mais algum tempo; o pai era da mesma opinião. Contudo, compraram algumas garrafas de água mineral Minalba, vindas do Brasil, esvaziando-as com delícia. Era a primeira coisa que colocavam na boca desde o trem, na tarde do dia anterior.

Com um guincho, a bilheteria abriu. Em poucos minutos a fila de pedras se transformou em uma linha humana, que contra as expectativas andou rapidamente. Ivan e Marcial compraram seus bilhetes e voltaram à plataforma. Entre os passageiros, havia alguns estrangeiros. Um suíço ruivo e pequeno levava às costas uma mochila desproporcional que o deixava feito um gnomo com um aparato de astronauta. Passava seis meses de férias por ano, o que somente parecia possível na Suíça. Já rodara o mundo inteiro, o que explicava o interesse por um lugar aonde tão pouca gente ia, ainda mais para divertir-se. Havia também um francês, de cabelos longos, bigode à Salvador Dali, magro e alto, chamado Michel. Como muitos franceses, não perdia oportunidade de experimentar estranhas iguarias e parecia ter um estômago de ferro para novidades. Tirou de sua mochila um prato fundo de metal e uma colher, entrou na fila formada diante da sopa de tripas de burro e saiu dela com sua refeição matinal fumegando.

— Que tal? — perguntou-lhe Ivan, em inglês.

— Uma delícia — respondeu o francês, com os bigodes molhados.

Marcial consolou-se:

— Pelo menos, não somos os únicos doidos na região.

O sol esquentava. A plataforma transformava-se numa feira, com uma multidão de pessoas circulando ou sentadas entre trouxas e bagagens, à espera do trem. Enfim, ouviu-se o som da máquina. Em vez de uma locomotiva, surgiu uma litorina, que os bolivianos chamavam de "trem rápido". Boa notícia: com apenas um vagão, era mais leve e veloz que uma grande composição. Ivan e Marcial não viam a hora de chegar a Santa Cruz para um bom descanso.

O embarque sem assento marcado, com todos os passageiros apressados para tomar os melhores lugares, foi um tumulto. Com menos bagagem, Ivan e Marcial conseguiram saltar rapidamente para dentro da condução, instalando-se em uma das últimas fileiras. Ivan observou que boa parte dos vidros, talvez um terço, estava quebrada. Os bancos, duros e desconfortáveis, lembravam os de um ônibus urbano no Brasil. Mesmo na litorina, segundo diziam os freqüentadores, seriam pelo menos dez horas até o destino final. Sentado em seu lugar, Ivan viu os outros ocupantes tomarem os assentos, acomodando as bagagens menores na prateleira acima dos bancos e as maiores no corredor. As crianças estavam quietas. A primeira regra de sobrevivência na Bolívia, aprendida cedo, era a resignação.

Sentado à janela, Ivan assistiu a estação ficar para trás. Eles cortavam outra vez o Pantanal, desta vez do lado boliviano. Logo a litorina parou em uma nova estação, Puerto Suarez, povoado maior, mais conhecido e pouco menos pobre que a própria Quijarro. Alarmado, viu uma multidão aguardando na plataforma. Assim que a máquina estacionou, foi invadida por um enxame de bolivianos que, depois de lotar os bancos e os compartimentos de bagagem, locupletou também o corredor central. Os recém-chegados acocoravam-se no chão, sentavam-se sobre malas e trouxas, depositavam no assoalho gaiolas com galinhas. Até mesmo um porco, amarrado pelo pescoço com uma corda, foi embarcado entre os passageiros, ao lado de sacos de comida e caixas de eletrodomésticos. Na Bolívia não se fabricava quase nada. Trabalhadores, comerciantes e sacoleiros vinham até a fronteira com o Brasil buscar bens de consumo e os levavam a Santa Cruz, para revenda ou uso próprio: aparelhos de vídeo, televisores, rádios, relógios, tudo.

Quando não havia mais espaço para uma mosca, enfim a máquina se mexeu. Ivan examinou os passageiros amontoados uns sobre os outros, indiferentes a serem transportados como gado. O rosto redondo e o nariz batatudo indicavam origem aymara, a maior nação indígena naquela parte do país. Pela primeira vez ele viu uma chola em traje completo: longas tranças caindo do chapéu-coco, saia negra e *auayo*. Nesse tradicional pano de lã, costurado com motivos coloridos, as descendentes dos povos pré-colombianos levavam de tudo, incluindo as crianças, amarradas às costas como trouxas.

A litorina moveu-se com esforço agonizante, mas embalou e correu livre, deixando Puerto Suarez para trás. O Pantanal boliviano, em leve aclive, aos poucos deixava de lembrar o brasileiro, tornando-se mais seco e de vegetação mais pobre. Nas curvas longas, Ivan via o leito da estrada de ferro mais adiante. Reparou que os trilhos estavam cobertos de uma manta cinzenta.

Apontou o detalhe a Marcial.

— O que será aquilo?

— Não sei — disse o pai.

Resolveram investigar. Abriram caminho entre os passageiros do corredor até a porta traseira na litorina. Ali, um balcão defendido por uma grade de ferro permitia que dois ou três passageiros saíssem ao ar livre, descortinando o cenário que a máquina deixava para trás.

— Veja! — exclamou Marcial.

Entenderam o que era a manta sobre os trilhos: borboletas que a litorina levantava à sua passagem, criando atrás de si uma nuvem amarela. Marcial colocou um braço nos ombros de Ivan. Súbito, eles foram envolvidos por aquele turbilhão, rodeados pelas borboletas, como num conto de fadas.

Entravam em um lugar onde a realidade, como nos livros de literatura fantástica, também tinha algo de mágico. Dali em diante, pensou Ivan, não haveria mais tanta distância entre a verdade e a imaginação.

* * *

Ivan nunca tinha sido íntimo da magia. Ao contrário, o ceticismo era uma característica que exibia com certo orgulho, como se nada pudesse afetá-lo, muito menos o que vinha do outro mundo. A doença o fizera perder muito daquela empáfia, mas ao ouvir a proposta de Gisela, disposta a chamar a tal bruxa para espantar os maus ares domésticos, ele não podia ceder tão facilmente. Precisava fingir relutância, ao menos para si mesmo.

— O que uma bruxa pode fazer de bom por mim? — perguntou.

— É *feng shui*, seu bobo — disse ela.

Explicou como funcionava:

— Minha amiga vem, arruma suas coisas, tira os maus fluidos, energiza o ambiente. Afasta a discórdia, aumenta a felicidade, espanta o mau-olhado, as doenças... E tudo aquilo que traz essa sensação ruim para a sua casa.

Ele não soube se Gisela falava mesmo a sério, até que no dia seguinte recebeu um telefonema dela no trabalho, dizendo que marcara a visita da "bruxa" para o sábado. Ele concordou, ou teve que se conformar, já que recebeu a notícia como fato consumado. Quem sabe, pensou Ivan, a fumigação esotérica fosse mesmo o que ele precisava para espantar o espectro do Príncipe de Lata.

Mesmo com pose de desinteresse, secretamente estava curioso para ver a bruxa em ação. No dia marcado, Gisela apareceu cedo para acompanhar a consulta. Ao tocar a campainha, Ivan foi pessoalmente atender, pulando na frente de Arlinda. Esperava uma mulher feinha, corcunda, com aquela verruga de bruxa no nariz. Quando abriu a porta, entrou uma peruona oxigenada, de salto alto, vestido Chanel, bolsa Louis Vuitton. "Querida, querida", dizia, passando direto por ele para beijar Gisela, como se Ivan fosse o mordomo.

Rindo e falando pelos cotovelos, avançou pelo *hall* de entrada rumo à escada que dava na sala. "Ah, que maravilha", disse ela, passando pelo escritório de Ivan, "aqui precisa pintar de hortênsia, é a cor da criatividade." Ele ainda tentava imaginar-se trabalhando num lugar arroxeado e a bruxa já estava resolvendo outras coisas que lhe diziam respeito. Deteve-se por um instante ao pé da escada, confluência da sala, da entrada para a cozinha e da sala de jantar. "Este é o centro da casa, tem de ter um cristal energizante", sentenciou, com os olhos no teto, como a pendurar um objeto imaginário. Em seguida, invadiu a sala. "Este é o canto da família, precisa ter umas fotografias, alguns objetos pessoais...", continuou, apontando para o bar, onde se enfileiravam garrafas de vinho do Porto, uísque e outros destilados. "Ali..." Andou pela casa inteira, levantando o indicador para isso e aquilo, fazendo sua análise clínico-espiritual do imóvel. No final, lembrou de apresentar-se a Ivan: "Ah, e eu sou a Telma".

Sentaram-se na sala. A pedido de Gisela, Arlinda trouxe o cafezinho. Refestelada no sofá, batendo levemente com um dedo na perna cruzada, Telma fez então uma demonstração de seus dotes paranormais.

— Vejo neste lugar um sujeito muito complicado — disse, varrendo o ambiente com um giro de cabeça. — Solteiro e com muitos problemas de saúde, até mentais. Essa energia negativa toda está aqui dentro.

Ivan lembrou que comprara a casa de um executivo do mercado financeiro que a reformara para viver com a mulher. Pouco depois, ela o abandonara. Irritado com o imóvel, o antigo proprietário o vendera em estado de novo por um preço que a Ivan parecera uma grande pechincha. Impressionado com o que ouvira da bruxa, já não estava achando o negócio tão bom assim. Realmente, podia haver algo errado ali. Sua bela casa era uma hospedaria mal-assombrada, destinada aos infelizes.

— Precisamos tirar esses maus fluidos — continuou Telma. — Voltarei para defumar a casa e dar a bênção. Depois eu venho com os cristais. Essa parte demora mais, eles precisam ficar um tempo na água corrente para funcionar.

Depois de encher a casa de defeitos, ela se voltou para Ivan. Não fizera nenhuma pergunta, mas já parecia conhecer bem não só o lugar como seu atual proprietário.

— Você é um individualista, por isso ninguém pode mexer nas suas coisas — disse. Dirigindo-se a Gisela em tom professoral, completou: — Ele tem de ter um canto só dele, nem a empregada pode ficar limpando muito lá. Só de vez em quando tirar um pozinho e pronto.

Ivan pensava possuir a casa inteira, não gostou de ser colocado em um canto como um aluno malcomportado. Sem dúvida a bruxa não tinha muito tato, mas achou melhor não fazer objeções.

Telma disse que Gisela já tinha passado por poucas e boas na vida, por isso era uma pessoa muito sensível. Porém, aconselhou-a a não se importar com o jeito de Ivan. Era assim, aliás, que conseguiriam viver juntos.

— Há uma grande atração entre vocês — disse. — Terão um filho logo.

Ivan ficou de olhos estalados.

Agora que tudo estava esclarecido, faltava só acertar o detalhe financeiro. A sessão de *feng shui*, informou Telma, custaria quinhentas pratas. A defumação e os cristais seriam gratuitos: uma concessão por amizade a Gisela. Ivan achou a conta caríssima, mesmo com o desconto, mas qual era o preço da felicidade? Autorizou tudo, começando pela defumação, a ser executada num dia de lua favorável. E lá se foi embora Telma, que eles acompanharam até a porta, acenando quando ela arrancou em sua Cherokee nova em folha. Ivan pensou: para bruxas contemporâneas, vassouras motorizadas.

Esperou a mudança lunar com certa impaciência. Quando o astro entrou na conjunção propícia, Telma fez a defumação da casa, deu a "bênção" e dias depois trouxe os cristais, colocados como pingentes sobre o *hall* ao pé da escada, barrando o livre trânsito dos maus espíritos. As garrafas do bar desapareceram para transformar-se no "canto da família": uma espécie de santuário cheio de fotografias, onde Gisela fez questão de colocar algumas em que ela e Ivan exibiam sua recém-conquistada felicidade. Telma adicionou à galeria algumas imagens de santos e Gisela um castiçal de louça para velas votivas, que deu a Ivan de presente, contribuição para a nova fase.

— É importante e fica bonito à noite — disse a namorada.

Nada falaram a respeito da profecia mais radical de Telma ("terão um filho logo", ecoava nos ouvidos de Ivan). Porém, como Gisela levava a bruxa muito a sério, ele estava certo de que para ela a previsão natalina se tornara convicção. Surpreso, constatou que aquilo não o incomodava como teria acontecido em outras fases de sua vida. No passado, Ivan fugira várias vezes do casamento e da idéia de ter filhos. Depois da doença, porém, ao descobrir que a vida não era eterna, via-se de repente no caminho contrário, desejando filhos de uma maneira talvez até precipitada, tomado pelo mesmo sentido de urgência em tudo o que fazia, mesmo sem admiti-lo abertamente.

Achou que era o momento de aproximar-se da família e dos amigos de Gisela, mais um passo natural na direção que ambos esperavam. Ela, porém, não se mostrava ansiosa por isso. Embora fosse extrovertida, envolvente, magnetizante, a namorada tinha poucas relações. Conhecia alguns galeristas e outros profissionais de seu meio de trabalho, possuía alguns amigos, mas nenhum de longa data. Explicou que passara muito tempo como estudante de artes em Milão, seus melhores amigos estavam lá. Os do Brasil, sendo amigos também do ex-marido, tinham tomado certa distância depois da separação.

— Acho que foram solidários com quem estava sofrendo mais — disse. — Ou com quem tinha mais dinheiro e poder.

Ivan sugeriu que Gisela convidasse sua família para um almoço de apresentações. A história familiar dela, porém, era complicada: tendo perdido a mãe, não se dava bem com o pai e o irmão. Dizia que eles não se importavam muito com ela, eram um tanto misóginos, de poucas palavras, dados a repentes de fúria. Em vez disso, Gisela preferia convidar para um almoço de domingo um casal de tios por parte da mãe, pessoas que não via fazia certo tempo, de quem ela desejava se reaproximar. Assim fez.

Careca e risonho, Fausto era industrial, fabricava autopeças. Sua mulher, Carolina, era uma dona-de-casa de silhueta delgada, cabelos negros muito lisos, mãos longas de unhas pintadas de vermelho, pálida como uma estátua mortuária. Apareceram numa sexta-feira à noite para jantar, surpresos com o convite, um tanto ressabiados, mas elegantes o suficiente para disfarçá-lo como possível. Comeram o ossobuco que Gisela preparara com Arlinda, tomaram vinho toscano e passaram ao jardim para a sobremesa. Ivan achou-os refinados, agradáveis e compreensivos.

— Estamos muito satisfeitos por ver Gisela tão bem — disse a tia. — Ela sofreu um pouco com a família, é pena estar afastada do pai e do irmão, mas merece ser feliz.

Por trás das amenidades ditas em um jantar de apresentações, Ivan sentiu que havia algo sobre Gisela que os tios não desejavam ou não podiam falar. Depois daquela noite, acreditou entender por que ela também recomeçava. Sua solidão naquela noite em que se encontraram no Fonte de Luz, a maneira com que se apegara a ele, o exercício da sua arte, tudo revelava uma carência profunda. Não era só ele a precisar desesperadamente de alguém.

Gisela se sentia mais à vontade entre os amigos dele que em seu próprio círculo. Rapidamente adotara a família de Ivan, com um prazer que se mostrava recíproco. Além de Arlinda e sua mãe, convertidas à adoração da futura nora, ela logo conquistou sua irmã Luana e os outros parentes. Nos almoços que Ivan promovia aos domingos, encantava a todos. Na sala cheia de convidados, a namorada corria de grupo em grupo a conversar, iluminando o ambiente com seu sorriso. A casa de Ivan se tornou um ponto de encontro familiar que girava ao redor dela.

Foi bom para ele, que desejava dividir sua felicidade com os entes queridos, exibida como um triunfo sobre a tristeza e a dura prova do câncer. Depois de tantos anos de vida errática, era como se Ivan devesse a Gisela a súbita descoberta por parte de todos de que ele mudara. E todos demonstravam ter gostado da mudança: ele voltava a ser o Ivan acessível que todos tinham conhecido na infância.

A defumação esotérica fizera seu efeito: ele não viu mais sinal do Príncipe de Lata, ou sentiu a presença de algum espírito capaz de incomodá-lo. Para que a vida familiar estivesse completa, porém, faltava algo. Num sábado, depois de sair com Gisela do cinema, Ivan a arrastou pelo shopping até a vitrine de uma *pet shop*. Viram um filhote de pastor alemão, uma bola peluda que pulava e mordia e rolava com as patas para cima, a pedir que lhe coçassem a barriga.

— O que você acha? — perguntou a Gisela.

Ela fez sinal de aprovação. Era sempre bom um bicho, eles eram queridos e gostosos de abraçar, traziam alegria e bons fluidos.

— Casa com criança e cachorro sempre tem amor.

Levaram o bichinho, aninhado nos braços de Gisela. Ivan disfarçava o aspecto sentimental que ela atribuíra à aquisição. Dizia que o filhote viraria um cachorrão ensinado a fazer sujeira no lugar certo e a tomar conta da casa, mas no fundo também não imaginava uma família feliz de verdade sem um animal doméstico.

Chamou-o de Mug, porque gostava de beber leite numa caneca plástica do New York Yankees. O cãozinho lambia as orelhas de Ivan quando tomava banho de sol na piscina e quando ele trabalhava no escritório latia tanto na janela que as portas lhe foram franqueadas, contrariando a regra recém-inventada de que não podia cachorro dentro de casa. Enquanto Ivan escrevia relatórios e textos para campanhas publicitárias da agência, Mug o espiava debaixo da mesa, ou cochilava enroscado aos seus pés. Eventualmente acabou por lhe roer um pedaço do tapete persa. Ivan ficou louco da vida, aquilo custara uma fortuna, esbravejou com o filhote, mas como Mug não desse sinal de compreender a causa de sua fúria, tomou uma lição. Aprendia a lidar com um ser incapaz de falar e compreender palavras, que conhecia só a linguagem dos sentimentos e, mesmo com aquela travessura, amolecia seu coração.

— Esse cachorro está fazendo ainda mais pelo doutor Ivan do que a senhora — ouviu Arlinda dizer a Gisela, certo dia, quando apareceu de surpresa na cozinha, antes de um almoço dominical.

Ele precisava de Gisela agora de maneira tão intensa que nem pensava na hipótese de algo vir a dar errado. Mais à vontade depois da "limpeza" da casa, ela dormia com ele na casa do Morumbi com mais freqüência. Ivan comprou um tatame quadrado para que pudessem praticar meditação. Ela o ensinou a sentar, recitar as palavras certas, concentrar-se de olhos fechados. Durante a hora em que durava o exercício, sua mente vagava livre. Ivan não sabia bem o que procurar na vastidão daquele ócio, mas era bom ter algum tempo todos os dias apenas para ficar consigo mesmo.

Às vezes ele acordava de manhã e lá estava Gisela no jardim, com o dorso das mãos sobre os joelhos, na prática meditativa. Ele pensara ser muito inteligente, mas via nela a diferença entre inteligência e sabedoria: uma capacidade de temperar a razão com a emoção. Era isso o que buscava agora, um dia queria também ser sábio. Gisela lhe dava livros para ler, com eles Ivan penetrava nos mistérios orientais, acelerava seu desejo de ir a Compostela. Comprou uma pilha de roteiros da caminhada, guias de restaurantes e albergues à beira do caminho, listas de preço sobre tudo, de tênis de montanhês a cajados de madeira vendidos aos peregrinos nos quiosques à beira da estrada.

Nos últimos tempos falava pouco com o pai, levado pelo rodamoinho em que se transformara a sua vida. Ligou para Marcial, queria saber como andavam os planos da viagem. O pai adiara um pouco a partida, estava ocupado com assuntos de trabalho, mas o projeto continuava de pé.

— Bem, de todo modo estou me preparando — disse Ivan.

Deu a Marcial as últimas notícias, falando bastante de Gisela, da defumação promovida pela bruxa e de sua introdução nas ciências ocultas. O pai achou graça, manifestou-se feliz por tudo estar indo tão bem.

— Você está voltando aos seus melhores dias, meu filho.

O pai não acrescentou mais nada, mas decerto também atribuía a Gisela uma certa propriedade curativa. Se era verdade que o tumor pudesse ser uma somatização, aquele novo estágio de felicidade era mais que um estado de espírito: seria também a volta de Ivan à saúde.

Ele se aproximava do seu terceiro exame de RTU. Dizia o doutor Roger que, se Ivan estivesse bem pelo segundo trimestre consecutivo, os exames passariam a ser semestrais. Em mais dois ou três exames, caso nada apresentasse, ele poderia se considerar livre do tumor de uma vez por todas. Ou tão livre quanto uma pessoa qualquer, perfeitamente apta a morrer de outra coisa.

— Dará tudo certo — garantiu-lhe Gisela.

As palavras dela lhe inspiravam a tranqüilidade necessária para que seu cérebro não trabalhasse outra vez contra o corpo. Agora Ivan possuía o antídoto contra si mesmo. Ao lado de Gisela, sob a proteção dos cristais, rodeado pela família e por Mug, ele aos poucos esquecia o passado, os seus fantasmas, até mesmo a aparição do Príncipe de Lata. Ele era outra vez a sombra de um passado submerso, do qual agora Ivan não queria mais se lembrar, pois pensava no futuro, apenas no futuro, nada mais. Acreditava que o destino não lhe dera tudo aquilo de repente para tirar em seguida. Não seria, segundo ele julgava, digno de Deus.

Estava redondamente enganado.

2

QUANDO AS BORBOLETAS se foram, Ivan e Marcial voltaram para dentro da litorina, pulando sobre os bolivianos amontoados no corredor. Não havia vácuo por ali: descobriram que um enxame de gente com sua bagagem imediatamente ocupara seu antigo lugar.

Encostaram-se em um canto, sentados nas mochilas, espremidos entre uma parede e outros passageiros. Depois de completar cinco horas de viagem, a falta de espaço de manobra se transformou em uma tortura que aumentava a ânsia por chegar. Teoricamente eles deveriam estar na metade do trajeto, mas a teoria não levava em conta o fato de que litorinas bolivianas tinham o hábito de quebrar. De repente, a máquina freou com um gemido estertoroso.

— Mau presságio — disse Marcial.

Em seu aclive quase imperceptível, porém constante, o terreno agora era povoado de árvores anãs e uma vegetação retorcida, mais próxima do cerrado. Quando a litorina estacionou por completo, imediatamente subiu uma nuvem de mosquitos, visível como se levanta uma cortina cinzenta. Torturados pelos insetos, Ivan e Marcial procuravam proteger-se como podiam. As picadas da noite em Quijarro ardiam e coçavam. Com o novo ataque eles tiveram que se agasalhar outra vez.

Sem a brisa provocada pelo movimento, o calor invadiu a litorina superlotada.

— Então aqui é o inferno — disse Marcial.

Não havia como escapar daquela provação. O suor empapava a camada de sujeira gordurosa acumulada na pele. Ivan viu no rosto do pai as manchas vermelhas que os insetos deixavam e sentiu o lábio inferior inchado como se tivesse tomado um soco, fruto do ataque aéreo, somado à ressecação pelo calor infernal.

Depois de uma hora, a litorina recomeçou seu caminho, debaixo de gritos, assobios e salvas de palmas, em uníssona comemoração. O ânimo, porém, foi quebrado pela lentidão da máquina, vitimada pelo excesso de carga e, segundo se cochichava entre os passageiros, a qualidade do assentamento dos trilhos, que saíam do lugar em trechos duvidosos de terreno naquela região. Outros diziam que os camponeses com freqüência sabotavam a linha, o que obrigava o maquinista a redobrar cuidados.

A fome seria um problema, se a sede não fosse maior. Marcial lamentou terem tomado toda a água em Quijarro: não lhe passara pela cabeça que pudessem encontrar condições piores adiante. As dez horas previstas de viagem podiam se estender indefinidamente e eles não sabiam quanto tempo ainda ficariam sem beber ou se alimentar. Pelas quatro horas da tarde, a litorina quebrou mais uma vez, em meio a uma ravina. Em instantes, surgiu um enxame de crianças, moradoras de alguma aldeia próxima. Devia ser praxe — ou proposital — o trem quebrar ali, pois os pequenos habitantes do *chaco* pareciam esperar, com grandes cestos recheados do que tinham para oferecer aos passageiros.

Enfim, era comida — alguma comida. Ivan estava tão faminto que se lembrava agora da caldeira de tripas de burro na estação de Quijarro com saudade. Chamou um menino com um cesto de espigas de milho cozidas e esticou o braço pela janela.

Em troca de um dólar, içou para dentro da litorina duas grandes espigas de grãos duros e esbranquiçados. Sentindo-se capaz de comer uma pedra, meteu os dentes naquela delícia, mas nem teve tempo de engolir: imediatamente, avançou sobre a janela e cuspiu tudo longe, em convulsão.

— O que houve? — perguntou Marcial.

— Essa espiga está mais salgada que bacalhau.

Por isso os grãos pareciam brancos: o milho tinha sido coberto com uma crosta de sal. Ivan ficou com os lábios secos e a língua arenosa. Aquela aridez lhe descia pela garganta, multiplicando a sede. Do outro lado da litorina, o suíço que embarcara com eles em Quijarro parecia ter mais sorte: comprara um pequeno abacaxi. Devorava-o com delícia, depois de tê-lo aberto a dentadas, na falta de uma faca para essa operação. Marcial atirou sua espiga pela janela.

— Em breve, eu me tornarei um cacto — murmurou Ivan.

— Vamos pedir água a esses nativos. Eles devem ter alguma.

— Nada disso — recomendou o pai. — Ainda estamos no pântano, pode ser que eles nos tragam água salobra. A sede não vai ser nada perto de uma disenteria.

Da mesma maneira como tinham surgido, os meninos desapareceram na ravina. Ficaram todos, novamente, no silêncio daquele ermo, sem imaginar quando chegariam a algum lugar, tomados pelo pânico de nunca mais sair dali. Mesmo os bolivianos mais acostumados àquela viagem demonstravam inquietação. Por vezes, Marcial teve o impulso de descer para ver o que acontecia. Contudo, não havia nada que pudesse fazer.

Duas horas depois, quando a máquina começou a mover-se, Ivan e Marcial já se sentiam mortos-vivos. As picadas dos mosquitos viravam feridas que coçavam e doíam ao mesmo tempo. Por outro lado, a fome e a sede davam lugar ao entorpecimento provocado pela inanição. Em pior estado ficara o suíço. Ao arrancar com os dentes a casca espinhenta e ácida do abacaxi, sua boca inchara até que os lábios se transformaram em bolsas gigantes. Examinava-se no reflexo sujo dos vidros, apavorado com o próprio aspecto. Virara um sapo ruivo.

— Estou começando a achar que aquela espiga de milho estava ótima — disse Ivan.

A jornada arrastou-se pelo fim da tarde e o começo da noite, quando a litorina brecou de repente. Gaiolas com animais, trouxas e os passageiros, sobretudo os embarcados no corredor, foram catapultados adiante. Depois de rápido exame, em que os passageiros constataram apenas ferimentos leves, Ivan espichou meio corpo por uma janela quebrada. Avistou o maquinista examinando o leito da ferrovia com uma lanterna. Os bolivianos murmuravam que os moradores muitas vezes roubavam os trilhos. Aquilo, com certeza, levaria mais tempo para resolver.

Ivan e Marcial se encolheram em um canto da litorina, procurando no espaço exíguo posição para dormir. O cansaço, as picadas dos mosquitos, a fome e a sede se juntavam num golpe final contra sua resistência física. Quase não notaram quando a litorina se colocou novamente a caminho, nem quando parou no seu destino, com um suspiro mecânico. Ao despertarem, amontoados com toda aquela gente em posição fetal, o Orient de Marcial apontava mais de três horas da madrugada. Estavam semimortos, mas a alegria da chegada retirou deles um resto de energia: afinal, poderiam descansar.

Santa Cruz de la Sierra dormia. Eles tomaram um táxi, pedindo ao motorista que os levasse para algum hotel a preço razoável. Nas ruas abandonadas da madrugada, eles chegaram em pouco tempo ao hotel Brasil, que, apesar do nome, de brasileiro nada tinha. Era dirigido por uma boliviana de cabelos negros, quarenta anos de idade, lábios carnudos e nariz adunco. Atendeu-os num robe acetinado, exibindo humor desfavorável por levantar àquela hora. Contudo, não enjeitou os hóspedes, mesmo com seu deplorável aspecto: não devia ser a primeira vez que recebia passageiros naquelas condições, provenientes da fronteira. Encaminhou-os para um quarto com duas camas de solteiro, sobre um chão de lajotas vermelhas. Àquela altura, qualquer barraco pareceria a Marcial e Ivan um palácio. Não houve tempo para o banho: ambos desabaram desmaiados sobre a cama com a roupa do corpo.

No dia seguinte, custou muito tirar o sebo que se transformara em seu invólucro. Do chuveiro desprendia-se uma água malcheirosa que corria para o chão levando a sujeira dos viajantes, transformada em um riacho cor de chocolate. Passava do meio-dia quando eles se aprontaram e não havia mais café-da-manhã. Saíram do hotel a pé em busca de lugar para comer.

Ivan e Marcial maravilharam-se com a arquitetura da cidade, de inspiração espanhola. Ruas arborizadas e calçadas cobertas por pórticos davam a Santa Cruz um ar ao mesmo tempo antiquado e aprazível. O hotel não ficava longe da Plaza de Armas, como são chamadas as praças centrais em cidades de colonização hispânica. Lá se sentaram em um restaurante com mesas ao ar livre, diante de árvores frondosas que abrigavam milhares de andorinhas. Havia passarinhos por toda a cidade, zunindo pelos pórticos, cruzando as ruas, empoleirados nos fios da iluminação pública. Santa Cruz era um viveiro na borda do Pantanal.

Comeram e beberam como ursos. Eles tinham trocado algum dinheiro com Pilar, a dona do hotel. Por uma centena de dólares, Ivan e Marcial receberam uma quantidade de pesos bolivianos que equivalia, em peso e tamanho, a meia dúzia de tijolos. A Bolívia atravessava um período de hiperinflação. Os preços subiam diariamente, pagava-se tudo em dinheiro vivo, blocos de notas presas com elástico que ninguém se dava mais ao trabalho de contar. Além de explicar a singularidade cambial do país, Pilar lhes recomendara que não bebessem água natural, em Santa Cruz ou qualquer outro lugar da Bolívia. A água ali, como eles tinham podido comprovar no chuveiro, era insalubre.

Por isso, na mesa da Plaza de Armas, Ivan consumiu cinco garrafas de Coca-Cola, enquanto comia e olhava o movimento. Os carros antiquados, as ruas semi-asfaltadas, o aspecto depauperado da população não mais o impressionava: dentro da Bolívia, Santa Cruz podia ser considerada uma metrópole. Apesar de seu isolamento geográfico, com o *chaco* boliviano a leste e a cordilheira dos Andes a oeste, a região se transformara num importante entreposto entre a Bolívia andina e o Brasil. Mantinha-se como passagem dos negociantes que atravessavam a região central da América do Sul desde os tempos da colônia espanhola. O resultado é que ali se formara uma classe média mais forte e um cinturão industrial transformado em orgulho cívico. A Bolívia tinha tão poucas cidades importantes que todas se consideravam capitais de alguma coisa. La Paz era a capital política. Oruro ficara sendo capital cultural. A Santa Cruz coubera o título de capital econômica do país.

Ivan, que sempre reclamara de tudo, jurava nunca mais falar mal de coisa alguma: engoliu a papa estranha que o garçom lhe serviu como um manjar divino.

— Acho que podemos ficar por aqui mesmo uns dias — disse Marcial. — Estamos precisando de um pouco de civilização.

Caminharam pelas ruas, que se tornaram familiares. No dia seguinte, domingo, foram ao futebol: o estádio, no Barrio San Antonio, estava meio vazio, pois o time local, o Oriente Petrolero, acabara de ser desclassificado do campeonato boliviano. Mesmo assim, uma pequena e fanática torcida compareceu, ganhando o reforço dos dois brasileiros, encantados com a camisa da equipe local, verde como a do seu Palmeiras. Marcial e Ivan imaginavam ter passado pelo pior da viagem e se deixavam ficar, despreocupados, sem saber ainda que não havia como partir de Santa Cruz. No terceiro dia, quando se apresentaram no guichê da estação rodoviária, o cobrador informou que havia uma semana não saía o ônibus para Cochabamba, ao pé dos Andes, a meio caminho de La Paz.

— Como assim? — quis saber Marcial.

— Desapareceu um pedaço da estrada — disse o bilheteiro. — *Derrumbamientos*. Não há como passar.

Aquilo deixou ambos perplexos. Chegar a Machu Picchu começava a se transformar em uma epopéia. Ivan e Marcial encontravam-se ilhados naquele lugar. Era preciso achar uma saída, mas eles desconfiaram que ali nada seria fácil, mesmo para quem tinha dinheiro.

* * *

Uma semana depois do seu segundo exame trimestral, Ivan foi ao consultório do doutor Roger, no trapézio de vidro dos Jardins onde o médico e sua equipe davam expediente depois de realizar cirurgias no hospital.

— Então?

Roger colocou as duas mãos sobre a proeminente barriga, tendo diante de si o laudo da citologia.

— Durante o exame, vi pela microcâmera que as paredes da sua bexiga estavam avermelhadas — ele disse. — Eu não havia gostado disso. O laudo da citologia realmente mostra que há células em mutação. Significa que elas podem estar a caminho de formar novos tumores.

Ivan encarou Roger. Não era possível. Simplesmente não era possível.

— Não olhe para mim dessa maneira — disse o médico.

— De que maneira?

— Como se eu fosse o culpado. Posso ser o portador da notícia, mas estou apenas querendo ajudá-lo.

Para combater aquele princípio de floração de pólipos ainda em estágio celular, Ivan teria de fazer um tratamento com BCG. A vacina produzida com bacilos inertes da tuberculose, inoculada com regularidade na bexiga, provocaria uma reação natural do organismo. Ao expulsar os bacilos intrusos, o órgão normalmente eliminava outras partículas estranhas, incluindo as células mutantes capazes de dar origem ao tumor. Essa era a teoria, que, segundo Roger, funcionava mais ou menos, dependendo da reação de cada indivíduo. Eles veriam.

Ivan saiu do consultório com uma receita médica para comprar o BCG e o coração gelado. Na prática, tinha um câncer ativo outra vez. Desesperava-se: a cura parecia mais longe do que imaginava, talvez nem viesse a acontecer. Afligia-se só de pensar que poderia passar outra vez por tudo o que sofrera no hospital. Todo o seu esforço de viver melhor, como um caminho para a salvação, súbito evaporava. Ele não sabia mais a que se apegar. Pior, a doença agora parecia estar lhe tirando cruelmente aquela felicidade oferecida pelo destino de maneira miraculosa.

Pensou em procurar Gisela, mas teve medo: era como se a notícia fosse estragar tudo o que eles tinham acabado de construir, uma nuvem negra em céu azul. Por isso, ao chegar em casa telefonou primeiro para o pai. Explicou-lhe o problema e o que teria de fazer. Tentou disfarçar seu sofrimento como se o prejuízo fosse apenas a viagem a Compostela.

— Não posso caminhar 800 quilômetros precisando fazer

aplicações de BCG na bexiga — disse. — Acho que minha participação está ameaçada.
— Não faz mal — disse Marcial. — Vamos fazer primeiro esse tratamento, depois a caminhada. Tenho certeza de que vai funcionar, logo você estará 100%. Vou esperá-lo.

Ele apreciou a solidariedade do pai, ao usar o plural "vamos". No passado isso teria sido suficiente para exercer nele um efeito calmante, quando Marcial, pelo menos aos seus olhos de criança, tinha o poder de resolver tudo. Agora, porém, as coisas eram diferentes. Ao contrário da sua infância, ele sabia que o pai não tinha respostas para tudo. A busca de Marcial pelas ciências orientais ou ocultas eram a mais cabal admissão de que não as tinha sequer para si.

Naquele momento, eles dividiam o mesmo medo. O fantasma do tempo afligia o pai em função do avançar inexorável da idade. E Ivan por compreender que a idade é um conceito relativo: um jovem pode morrer tanto quanto um velho, sem que isso seja antinatural ou injusto. Com o câncer, Ivan podia ter menos tempo de vida que o próprio pai. Viviam sob o peso da mesma questão, que adquiria um caráter urgente: quanto tempo ainda teriam?

Pensou que sua maior ligação com Marcial não era a do gosto pelo xadrez, ou pelos livros, nem mesmo a genética, mas aquela natureza comum, que os fizera sempre fugir da verdade absoluta do tempo. Certa vez, quando Ivan tinha treze anos, ganhara do pai um livro, cujo título ele nem se lembrava, por ser menos importante que o cartão, onde Marcial escrevera a seguinte frase: "Lembre-se, meu filho, de que o tempo é o único capital do homem". Desde então, Ivan seguira o conselho como norma de vida, sem parar em lugar algum, ansioso por viver, experimentar, seguir adiante. Naquele momento, porém, o velho dístico tomava outra conotação. O homem que apenas persegue o tempo se torna um egoísta. E nunca consegue paz. Sobretudo, quando o tempo parece prestes a acabar.

Contra o fim do tempo, de nada servia a Razão — aquela arma que Marcial o ensinara tão bem a usar. Primeiro a percebê-lo, o pai agora fazia sua tentativa de se aproximar da filosofia oriental, planejava a Grande Caminhada Mística, tudo aquilo para domar o desconhecido, derrubar o medo do tempo. Precisava de uma coragem diferente, que, ignorante, também não soubera ensinar. Ivan só conhecera um homem com esse tipo de coragem: seu avô, Alberto, pai de Marcial. Ele, sim, tivera grandeza para enfrentar as verdades absolutas da vida, necessária para envelhecer com dignidade. Cultivara a família sem jamais entrar em crise. Soubera encarar a velhice e a doença de maneira estóica, em silêncio, sem que a família sequer soubesse de seus problemas. Morrera em paz, com mais de noventa anos: comprara até mesmo um jazigo à prestação, segundo ele mesmo explicara, para não "incomodar ninguém".

Era difícil ter aquela têmpera, pensou Ivan: infelizmente, ela não era hereditária. Lembrou-se da única vez em que Marcial adoecera mais seriamente na vida, quando lhe surgiram umas pedras na vesícula. O pai se apavorara diante da perspectiva de uma cirurgia iminente: a experiência lhe deixara impressões traumáticas, como se tivesse ido ao outro mundo e voltado de olhos arregalados. A cirurgia prevista era uma simples laparoscopia, um tipo de incisão que deixava como lembrança apenas três furinhos na pele, mas o médico descobrira na mesa de operação que o caso era mais complicado. A vesícula de Marcial estava grudada ao fígado, tinha sido necessário um corte maior. O que era uma limpeza rotineira se tornara uma operação de cinco horas, ao final da qual o cirurgião, depois de cumprir sua missão, tendo se mantido em pé sob tensão por tanto tempo, morrera de maneira shakespeariana, vitimado por uma trombose. O pai encarava aquele final tragicômico como uma espécie de sinal divino. Ao sair vivo da sua própria cirurgia, enquanto o cirurgião saíra morto, um deus cínico lhe dava uma demonstração de como a vida é uma roleta.

Homens não sabem lidar com a morte; talvez as mulheres, por darem à luz, aceitassem melhor o que é nascer e morrer. Lena é que tinha a verdadeira coragem, pensou Ivan. Ele já tivera disso um exemplo cabal, dois anos antes, por causa de um acidente no qual redescobrira as qualidades da mãe. Depois que Marcial decidira separar-se, início do turbilhão de mudanças promovidas em sua vida, Lena tomara também rumo próprio. Vendera um terreno que lhe ficara na divisão de bens para, com o dinheiro, construir uma pousada no litoral do Nordeste. Era o único capital que possuía, além do pequeno apartamento onde morara com Marcial antes da separação. Como era seu feitio, a mãe fizera tudo pelo caminho mais difícil. Para economizar, resolvera viajar de São Paulo a Natal em ônibus: 3 mil quilômetros de estradas em más condições e tráfego pesado. Ao chegar, estudaria onde instalar o futuro negócio.

Certo dia, um telefonema trouxera o alarme: durante a noite, o motorista da Viação Itapemirim dormira ao volante. O veículo saíra da estrada, capotara numa ribanceira e Lena tinha sido internada no Hospital de Fraturas de Aracaju, com uma lesão na terceira vértebra. Depois de falar com os médicos por telefone, pedindo que ela fosse internada num quarto particular, recebesse o melhor tratamento ("garanto o pagamento que for necessário"), Ivan tomara o primeiro avião para Salvador e depois para Aracaju. Encontrara a mãe num hospital de paredes descascadas, corredores escuros, verdadeira ante-sala da morte.

Seu susto crescera ao ver Lena no quarto, dentro de uma carapaça de gesso dos quadris até a cabeça que a impedia de mover-se, como uma tartaruga virada de costas.

— No capotamento, uma vértebra foi esmagada de encontro à outra com a pressão — explicara-lhe o médico. — Existe o risco de que ela fique paralisada. Portanto, não pode se mexer para não piorar sua condição. Precisamos deixar que o organismo promova a recuperação.

Nas circunstâncias, Ivan esperaria ver a mãe em desespero. Porém, descobrira Lena bem disposta, falante e jovial. Fizera amizade com os médicos e enfermeiras, conhecia todos pelo nome, assim como os outros pacientes. Não se lamentava. Nem a possibilidade da paralisia parecia-lhe medonha: enfrentava sua situação com extraordinária serenidade. Lena, que com plena saúde gostava de queixar-se de pequenas coisas, na sua dramática imobilidade fazia de sua cama uma central de resolução de problemas, seus e dos outros passageiros hospitalizados, muitos em condições bem melhores que a dela. Iam até lá em romaria, em busca de apoio.

Ao ver Ivan, em vez de beijos e manifestações efusivas de afeto, a mãe imediatamente dera-lhe instruções.

— Eu estou sem minha bolsa e minhas coisas pessoais — dissera. — Tudo ficou no lugar onde o ônibus virou. Não tenho sequer a minha escova de dentes. Vá lá apanhar.

Ele tomara um táxi na porta do hospital e rodara cerca de quarenta quilômetros para o sul da cidade, onde acontecera o acidente. O ônibus já tinha sido recolhido, bem como os pertences dos passageiros, espalhados no matagal quando as portas do compartimento de bagagem se abriram com a violência do impacto. Todas as malas e objetos encontrados tinham sido transferidos para um posto de gasolina próximo. Lá, em uma salinha apertada, enquanto o taxista reabastecia o veículo, Ivan afundara-se em dezenas de malas sujas de terra até encontrar as coisas de Lena. Retornara com suas roupas, dinheiro e documentos intactos.

Lena recebera seus objetos de higiene pessoal com satisfação, especialmente a escova de cabelos. Não deixara de ser vaidosa:

— Devo estar horrível, não?

Ivan conhecera os outros acidentados que, irmanados no desastre, a visitavam como velhos conhecidos. Entre eles estava Roberto, que lembrava um hindu com uma bandagem na cabeça. A peça mantinha no lugar a pele da testa, cuja tampa tinha sido levantada no acidente, deixando-lhe o crânio à mostra. De sua cama, Lena liderava uma revolta contra a companhia de ônibus, que amontoara os seus companheiros de infortúnio numa enfermaria coletiva, alegando que era isso o que o seguro pagava.

— Como é que você colocou sua mãe num quarto particular? — Roberto perguntara a Ivan. — Eu também quero.

Depois de uma semana de imobilidade, Lena tinha sido enviada a São Paulo no espaço de quatro bancos de um avião de carreira. Passara por cima da cabeça dos outros passageiros na sua casca de gesso, deitada numa plataforma de madeira, como um leitão em uma bandeja. No entanto, enfrentara toda a situação com galhardia. Muitas vezes, Ivan imaginara a noite no ônibus, a gigantesca caixa de lata capotando várias vezes na escuridão, o choro dos passageiros cuspidos pela janela ou presos entre as ferragens. Mesmo com a espinha quebrada, Lena encontrara forças para levantar-se, suportar a dor da viagem de pé em um ônibus que recolhera os flagelados pelo caminho, depois em uma ambulância superlotada até o hospital de Aracaju. Sem saber que isso poderia lhe custar definitivamente a capacidade de locomoção, dera o lugar na maca do veículo a outro passageiro machucado com menos gravidade.

Por sorte, os pedaços da vértebra esmagada soldaram-se novamente, exigindo de Lena somente uma temporada de fisioterapia para livrar-se das dores e voltar a andar normalmente. Do acidente, além da calcificação, herdara um inchaço quase permanente do pé direito, que batera contra algum metal no acidente. E a estranha lembrança de, pouco antes da capotagem, ter trocado de assento com um menino, que voara para janela no acidente, rolara por um capinzal e machucara seriamente o fígado.

Ivan achava que ele ou Marcial não teriam tido a coragem da mãe na mesma situação, ou em qualquer outra onde se fizesse necessário enfrentar a dor, o sofrimento e as situações extremas. Eles não conseguiam aceitar a existência sem o pensamento — e quem pensa muito se aflige muito. A coragem consiste tão-somente em enfrentar a vida sem pensar, encarando a morte como algo natural, parte de um ciclo, como na vida dos elefantes, das plantas e dos microrganismos. Ivan estava certo de que aquela relação menos racional e mais visceral com o mundo era a origem da força de Lena, assim como a naturalidade com que ela aceitava as forças espirituais, substitutivas do pensamento como escudo contra a fragilidade da vida.

Ivan demorara a reconhecer as qualidades da mãe e agora percebia o que ela possuía de melhor. Da mesma maneira que não se perguntara quem eram aqueles passageiros acidentados ao seu lado, transformando desconhecidos em conhecidos, Lena colocava humanidade em tudo o que fazia. Ao mesmo tempo, armava-se de uma dureza surpreendente, capaz de deixá-la invulnerável. Era um exemplo de energia para enfrentar uma situação como a de Ivan.

Ele tinha pela frente uma dura luta, a mais dura de sua vida, mas devia haver algo da mãe dentro dele. Tinha apenas que buscar essa força e com ela a fé verdadeira. A mesma fé que o fizera ver coisas, que o deixara acreditar no Príncipe de Lata, aquele personagem que parecia ter a resposta para todas as suas angústias. Decifrasse o seu enigma, finalmente poderia mostrar a Marcial como ser afinal o Homem Sem Medo: assim, poderiam caminhar juntos mais uma vez ao lado do desconhecido, destemidos, como naquela antiga viagem onde a cada dificuldade precisavam encontrar uma nova saída.

* * *

Sem meios de ir por terra a La Paz, restou a Marcial e Ivan uma alternativa. Eles não tinham levado dinheiro para fazer o trajeto de avião até Cuzco, mas havia o suficiente para um pequeno trecho de emergência. O pai não queria gastar aquela reserva ainda no começo da viagem: eles não tinham idéia do tipo de problemas que ainda enfrentariam e a quantia poderia fazer falta na volta. Contudo, a perspectiva de permanecer indefinidamente em Santa Cruz também era ruim: devido às despesas na cidade, o dinheiro escorreria de suas mãos junto com o tempo. Machu Picchu ainda era um objetivo distante e eles queriam, acima de tudo, chegar. Assim, decidiram correr o risco.

De táxi, encaminharam-se com suas mochilas para o Aeroporto Internacional Viru Viru. Sem nada da nostalgia provençal de Santa Cruz, ele tinha sido construído por empreiteiros brasileiros em metal e vidro para simbolizar a pujança econômica da região. Contudo, como eles cedo viriam a saber, apesar do qualificativo ("internacional"), Viru Viru recebia apenas um ou dois vôos semanais do exterior. A única companhia de aviação do país, o Lloyd Aéreo Boliviano, uma empresa estatal, possuía somente quatro jatos para o tráfego aéreo interno em toda a Bolívia.

Quando Ivan e Marcial entraram no saguão, tomaram um susto. A modernidade das instalações de Viru Viru contrastava com seus ocupantes. Aquele amontoado de gente com chapéu-coco, capuzes e roupas coloridas dava a sensação de que uma tribo de silvícolas invadira Zurique, acampando no chão de granito polido. Ivan verificava que os bolivianos não estavam em trânsito somente no Pantanal: no país inteiro havia sempre cholos em movimento, lotando toda e qualquer condução. Nômades, levavam consigo as crianças, utensílios e animais domésticos como uma tribo migrando confusamente para todas as direções.

Passaram pela multidão surrealista para entrar na fila diante do guichê com a placa de La Paz. Até o balcão, Ivan estimou que havia quarenta pessoas em pé. Imaginava quanto tempo eles passariam ali, quando foram abordados por um boliviano de terno escuro e gravata, falando em castelhano, com expressão amabilíssima:

— Os senhores querem bilhetes para La Paz?

— Sim — confirmou Marcial.

— Eu tenho duas passagens. Os senhores não precisam continuar na fila. Vão custar apenas 50 dólares além do preço oficial.

Marcial olhou para as dezenas de pessoas entre eles e o balcão. Era desanimador, mas o pai não gostava de cambistas, atravessadores e espertalhões de modo geral. Preferia o sacrifício.

— Não, obrigado — respondeu ele. — Ficaremos na fila, como todo mundo.

Por mais de três horas, eles arrastaram os pés em lenta progressão, preocupados com o horário do vôo seguinte, que se aproximava. Quando finalmente chegaram ao balcão, deram surpresos com o cambista atrás do guichê do Lloyd boliviano.

Tinha sido o próprio funcionário da companhia que, vendo os dois estrangeiros no fim da fila, saíra do seu posto para oferecer-lhes o bilhete em troca de propina. Depois, voltara ao seu lugar. Eles o olharam com ar reprovador, mas o homem seguiu seu trabalho como se nunca os tivesse visto, ou o ocorrido fosse normal. Contou o dinheiro, retirado em sacos da mochila de Marcial, e entregou as passagens.

Pai e filho seguiram para a sala de embarque. No caminho, avistaram dois rapazes deitados em cadeiras do saguão. De longe, reconheceram Roberto e Pedro, os dois peruanos que tinham encontrado no trem para Corumbá. Assim que os viram, sorridentes, os estudantes se levantaram para um abraço.

— Como vão? — perguntou Ivan.

— Bem — disse Pedro, sorrindo. — Porém, passamos a noite aqui, pois também não pudemos embarcar de ônibus e não temos dinheiro para pagar hotéis.

O reencontro deixou o grupo mais animado. Eram tantas as dificuldades do trajeto que se formava uma irmandade das estradas. Pedro insistiu para que Ivan e Marcial ficassem com eles em La Paz, na casa de sua irmã, onde fariam escala antes de seguir para o Peru. Não havia como recusar o convite. Ninguém sabia o que encontrariam na capital boliviana: podia ser que realmente precisassem.

Aproximou-se a hora da partida. Os quatro amigos encaminharam-se para o portão indicado no bilhete. O acampamento cholo passou do saguão do aeroporto para a sala de embarque. Dezenas de índios aguardavam aboletados no chão, diante da porta de vidro automática que dava para a pista. Lá fora, Ivan já podia avistar um dos quatro jatos da frota do Lloyd à espera dos passageiros. Era um Boeing 737 que, à distância, parecia bem tratado. Isso, porém, nada queria dizer. O avião bem podia ser como o aeroporto de Viru Viru: Ivan imaginou na cabine um comandante usando um chapéu-coco no lugar do quepe tradicional. Felizmente, havia naqueles aparelhos o piloto automático. Confiaria neles.

Quando o alto-falante anunciou o embarque, a multidão de indígenas levantou de supetão. Assim que as portas de vidro foram abertas, Ivan e Marcial assistiram à turba se lançar correndo pela pista, numa carga de cavalaria. Os assentos não eram marcados e ocupariam os lugares aqueles que chegassem primeiro. Como era bem possível que o Lloyd vendesse mais bilhetes que assentos, eles não tiveram tempo para a estupefação: mochila nas costas, pai e filho correram também feito loucos, com Pedro e Roberto em seus calcanhares.

Enquanto corria com todas as energias pela pista de Viru Viru, mochila balançando às costas, Ivan sentia o coração bater forte. Felizmente, a maior parte dos índios bolivianos é de baixa estatura e tem pernas curtas. Graças a passadas mais largas, Ivan, Marcial e seus amigos peruanos conseguiram realizar a ultrapassagem sobre a multidão de *cholitos*, chegando entre os primeiros colocados à escada que levava a bordo do avião. Sentaram-se nas primeiras fileiras, suados, ofegantes, mas aliviados.

Apesar dos receios de Ivan, o vôo transcorreu sem maiores atropelos. Pela primeira vez viu uma condução na Bolívia onde os corredores não foram ocupados. A tribo aérea comeu, bebeu e fez muito barulho durante a viagem, mas ele só tinha olhos para a paisagem lá embaixo. O avião passou ao lado do Illimani, pico que domina os Andes bolivianos, com suas neves eternas e escarpas assustadoras. Em seguida sobrevoou o altiplano, vasta planície desértica a 4 mil metros de altitude. Ali a natureza construiu uma cratera em cujo fundo, protegida dos ventos cortantes e da poeira que varre o deserto, cresceu a cidade de La Paz.

O avião desceu no aeroporto de El Alto, bairro que designa o pedaço da cidade espalhado no altiplano ao redor da cratera. Ao sair da aeronave, Ivan avistou a pista, a construção baixa do aeroporto e, mais adiante, o deserto. No mesmo instante, ouviu um estouro — póu! — às suas costas. Prevenidos, ele e Marcial tinham comprado cantis em Santa Cruz. Evitando a água boliviana, Ivan enchera o seu aquela manhã com refrigerante. Ao sair do avião na altitude, a mudança de pressão atmosférica, ou o efeito retardado da corrida, que sacudira o conteúdo gasoso, tinha feito explodir o recipiente de alumínio. Durante o resto da viagem, tudo o que ele vestiria teria dali em diante o cheiro adocicado e enjoativo de Sprite.

Com os peruanos por companhia, eles embarcaram no ônibus que conduzia do aeroporto à cidade. Com a habitual superlotação, o veículo cruzou as casas da periferia, ainda no altiplano, e desceu a cratera. Ivan e Marcial avistaram os prédios do centro da cidade, no berço da grande depressão, em cujas paredes se empilhavam milhares de telhados de zinco, refletindo a tinta vermelha do sol poente. Enquanto a luz natural desaparecia, acendiam-se as lâmpadas cálidas dos barracos por toda a cidade.

Pedro cutucou Ivan.

— Os bolivianos dizem que, com suas luzes acesas, La Paz à noite parece o céu de ponta-cabeça — disse.

Vinte anos mais tarde, Ivan ainda se recordaria daquela comparação. Lembraria da cidade pela sensação de estar pela primeira vez em um campo de estrelas. E de como sentira a insignificância da vida humana diante do universo naquele lugar onde pela primeira vez experimentara a sensação de entrar no corredor escuro da morte.

* * *

Ivan foi de carro ao Instituto Butantã, único lugar no Brasil a produzir a vacina BCG, vendida a preço subsidiado pelo serviço público. Não deixava de ser irônico que fosse combater o tumor de bexiga com bacilos da tuberculose, produzidos pelo mesmo instituto que fazia o antídoto para veneno de cobra: o câncer lhe parecia da mesma natureza maléfica dos ofídios.

Conforme as instruções, levou consigo uma caixinha de isopor, para conservar a vacina no gelo. Transportou-a para o consultório de Roger, onde foi atendido por Benício, um de seus médicos assistentes. Ivan se esticou na maca hospitalar, de calças abaixadas para a injeção de xilocaína, a introdução do tubo e a inoculação da vacina pelo pênis. Suportou tudo estoicamente. Já estava se acostumando àquele tipo de invasão, assim como à circulação de líquidos no sentido antinatural.

— Hoje acho mais estranho o xixi sair pelo lado certo — disse.

Aquilo se repetiu uma vez por semana, seguindo o receituário médico. Depois da aplicação de BCG, Ivan ia para casa, proibido de urinar por pelo menos uma hora. Benício lhe dissera que aquilo clinicamente não funcionava, mas por via das dúvidas Ivan decidiu seguir uma técnica inventada por ele mesmo para espalhar a vacina na bexiga. Deitava-se no chão, primeiro de costas, depois de bruços. E plantava bananeira no sofá, com a ajuda do encosto. Já que aquela era sua esperança de cura, faria o máximo ao seu alcance.

— Para alguém em tratamento, você está bem dinâmico — dizia Gisela, ao ver aquelas manobras.

No início, ele pensou que a notícia da volta do tumor a afastaria, mas a namorada o acolheu da melhor forma possível. Tratava-o com carinho, contagiava-o com seu otimismo imbatível. Não parecia assustada com a volta da doença, nem a vira como obstáculo entre ambos. Ficando com Ivan, Gisela mostrava acreditar no futuro deles — ou melhor, no futuro dele —, e isso fazia muita diferença para quem alimentava dúvidas sobre a própria sobrevivência. Ivan pedia que ela dormisse mais vezes em sua casa, sem que precisasse dizer a razão. Era confortador ter alguém para abraçar durante a noite, quando a depressão aumentava. Tornava-se dependente de Gisela, não como quem se liga a alguém pelo amor, mas o viciado em tranqüilizantes.

Depois de um mês, as aplicações de BCG passaram de semanais a mensais. Até ali, depois de cada aplicação, Ivan nada sentira. Por um lado, receava que o BCG não estivesse fazendo efeito. Por outro, queria acreditar que estava a salvo de maiores sofrimentos, graças a uma adaptação favorável do organismo. Os médicos lhe diziam que não existia regra. Havia gente que sofria bastante e o BCG não funcionava. Outros nada sentiam e ele funcionava muito. Havia ainda aqueles em quem a vacina funcionava demolindo o tumor junto com seu hospedeiro. Ninguém podia dizer qual seria o resultado do tratamento a partir da sua reação física.

Tendo passado de forma indolor por aplicações mais freqüentes, ele encarou a fase das seis doses mensais de BCG com otimismo. Contudo, na primeira aplicação mensal, o organismo reagiu ao bombardeio da vacina de repente, como uma cárie que depois de penetrar na proteção do dente atinge sua parte sensível. Após a dose, Ivan passou a sofrer de uma sensação de incontinência urinária que piorou verticalmente. Na segunda aplicação mensal, os dias que se seguiram foram uma via-crúcis. Prisioneiro do banheiro, ele tinha dificuldade em sair de casa. Passava horas de tormento, baba a correr pela boca, segurando a parede azulejada com as mãos, olhando a água no fundo do vaso sanitário, enquanto suportava dores atrozes. Por vezes, urinava pedaços de pele.

— Lastimável — dizia a Marcial, quando o pai lhe perguntava como estava, tomado pela autocomiseração.

As doses de Piridium, remédio que tornava a urina alaranjada e antes o aliviara nos períodos pós-cirúrgicos, perderam sua eficácia. O desejo de urinar permanecia mesmo quando ele não tinha mais líquido a expelir: a bexiga vazia contraía-se em espasmos dolorosos. Devido àquele martírio, pouco dormia à noite. A região do abdômem tornou-se sensível a qualquer toque e ele mal podia andar, sentindo a presença da bexiga como uma bola de boliche pendurada em seu umbigo.

Incapaz de concentrar-se e receoso de dar vexame, faltava ao trabalho. Nas poucas vezes em que saía de casa, levava consigo dentro do carro uma garrafa de isotônico, comprada numa loja esportiva, para servir-se dela no trânsito, em caso de incontinência. Um amigo alertara-o para a utilidade das fraldas descartáveis dos idosos. Ele, porém, as achava humilhantes demais. Parado no tráfego de uma das maiores metrópoles do mundo, preferia esconder o colo com uma toalha e urinar na garrafinha.

As dores e a exaustão o destruíam física e moralmente. Até então, ele sabia que seu problema era grave, mas não podia senti-lo. A dor produzida pelo BCG materializava a luta contra o câncer, dava-lhe a exata sensação, pela carga de sofrimento, de que era um combate pela vida. Agora ele sentia a doença na carne, no mau funcionamento das funções básicas, no mal-estar que se estendia ao resto do organismo. Caso fosse possível, Ivan preferiria receber em transplante uma nova bexiga, aquele órgão discreto, diligente e subestimado pelo ser humano saudável, que demonstrava quanto podia fazê-lo sofrer.

Sobrevinha a ansiedade de aproveitar cada momento, bloqueada pela impossibilidade física. Com o pênis esfrangalhado pelos tubos de borracha e o mal-estar dominando seu baixo-ventre, fazer amor se tornou penoso. Muitas vezes interrompia na metade as preliminares: o antigo prazer se transformara em tortura. Durante a noite, nas poucas horas de sono que conseguia, as ereções involuntárias o faziam penar.

Tratava-se do golpe de misericórdia no seu orgulho. Antes, quando achava que nada mais tinha a aprender, Ivan acreditava que a humildade era a virtude de quem não tinha outra. Aprendia agora a humildade mais genuína, não a ligada à pobreza ou à falta de ambição, mas a ensinada pela absoluta necessidade do ser humano do seu semelhante. Ele, que se achara auto-suficiente por tanto tempo, via naquelas circunstâncias quanto dependia dos outros. Precisava de Gisela, dos médicos, do hospital, dos parentes, dos amigos como um mendigo que pede um pedaço de pão, o náufrago que se agarra a uma tábua flutuante ou o beduíno que alcança o oásis salvador.

Ao longo daqueles meses de tratamento, a namorada insistia para que saíssem de casa, dizia querer tirá-lo do ambiente doméstico, onde nada havia a fazer exceto pensar na doença. Enquanto Gisela sorria, conversava e procurava distrair-se nos restaurantes, no cinema ou na visita a amigos, ele mal ouvia o que diziam à sua volta, concentrado no esforço de ocultar seu sofrimento. Ela lhe pedia que esquecesse a dor, o tumor, tudo. "Vai lhe fazer bem", insistia. Talvez Gisela tivesse razão, mas, na impossibilidade de simplesmente esquecer, Ivan ouvia tal recomendação com acordes de uma incompreensão um tanto cruel. Aos poucos, Gisela passou a tratá-lo como se suas queixas a importunassem, ou as ignorava, de modo a não estragar sua própria diversão. Para ela, a vida tinha de ser sempre como vinha sendo antes da depauperação física de Ivan. Ela conseguira o que desejava e prosseguia como se nada tivesse mudado, sem considerar o sacrifício que isso implicava para ele.

Certo dia, logo após sua quarta aplicação mensal de BCG, Gisela convidou um grupo de amigos e conhecidos para um encontro em um bar chamado Lamparina. Fez questão de que Ivan comparecesse. Segundo explicou, os convidados eram artistas, gente de galerias, pessoas com quem estreitava relações profissionais. Extenuado pelas contrações da bexiga que o mantinham horas a fio no banheiro, Ivan decidiu ficar em casa. Ela, porém, telefonou a cada cinco minutos, insistindo na sua presença.

— Venha, vai te fazer bem — garantia ela. — É importante para mim, você não pode faltar.

Enfim, ele cedeu. Apareceu no Lamparina às dez horas da noite, de rosto lavado, após uma crise devastadora de incontinência urinária. Àquela hora o restaurante estava quase vazio. A "hostess", uma adolescente de cabelos escorridos, unhas pintadas de negro e sombras vampirescas nas pálpebras, informou que a festa era num salão no andar inferior, alugado para eventos reservados. Em vez de uma reunião de profissionais em torno de taças de champanhe e salgadinhos, Ivan encontrou uma festa a pleno vapor: três dúzias de pessoas tomavam uísque, caipirinha e cerveja no gargalo e dançavam iluminadas por vaga-lumes coloridos vindos de um globo giratório e um canhão estroboscópico.

Gisela pendurava-se no pescoço de alguém que Ivan não conhecia. Ela sorriu ao vê-lo, deixou o parceiro de dança, aproximou-se, abraçou-o e o beijou, jogando sobre ele o corpo meio mole e o bafo de bebida. Fez questão de apresentá-lo aos convidados, gritando para vencer o som expelido das caixas acústicas numa altura infernal. Insistiu para que Ivan, avesso a dançar naturalmente, quanto mais naquelas condições, se juntasse a ela. Não se importava com o fato de que estava convalescente. Não se importava muito com ele de modo geral.

Como uma marionete, Ivan dançou por alguns minutos, até que Gisela, embalada pela bebida, se esqueceu de vez da sua presença. Ele aproveitou para esconder-se no banheiro, onde urinou de maneira intermitente, suportando dores monstruosas, enquanto o barulho da festa lá fora e as batidas insistentes na porta o irritavam ao ponto de explodir. Saiu sem se despedir de ninguém, espumando de raiva por ter concordado em ir até ali. Na passagem, ainda pôde ver Gisela rindo até vergar, exibindo o decote excessivamente generoso a meia dúzia de homens com olhares lúbricos. Virou o rosto para não testemunhar mais.

No caminho de casa, segurando-se à custa de grande esforço para não urinar nas calças e no banco do carro, ocorreu-lhe que o otimismo de Gisela podia não ser fé, mas insensibilidade, ou pura incapacidade de compreender a gravidade das coisas. Pensara em Gisela como alguém que podia compreendê-lo, que se importava com ele, mas no lugar daquela certeza instalava-se agora a dúvida. A namorada não era exatamente solidária, mas alienada. Apenas agia sempre como se nada de grave estivesse acontecendo.

Pela manhã, a luz do sol acordou-o, fatiada pelas frestas das venezianas. As dores melhoravam: em alguns dias, começaria o curto período de trégua naquele mal-estar que duraria até a aplicação de BCG seguinte. Foi para o trabalho, impaciente para telefonar a Gisela. Pensava em lhe dizer como achava que ela o tinha feito sentir-se digno de pena, sobretudo comparado aos estranhos cheio de saúde e disposição com quem a vira confraternizar. Esfregaria na cara dela como era baixo fazer aquilo num momento em que ele parecia pouco capaz de competir com alguém por uma mulher. Logo ele, que em outros tempos abandonara mulheres por muito menos. Por isso, foi com espanto que, em vez disso tudo, ouviu a si mesmo dizer, quando ela atendeu o aparelho do outro lado da linha:

— Tudo bem?

Talvez como efeito da bebedeira, Gisela pareceu não se lembrar da festa, nem ter notado que ele saíra sem despedir-se. Falaram ao telefone como se nada tivesse acontecido. Quando desligou, Ivan sentiu que o medo de perdê-la era maior que qualquer outra coisa, incluindo a sua mágoa e o seu orgulho. Detectou, por trás da raiva, o ciúme. E quanto estava mudando. Pela primeira vez na vida, receava que uma mulher o abandonasse.

Tentou ver as coisas de um ângulo mais favorável: ela o apoiara até ali, tinha direito a uma festa, queria compartilhá-la. Ivan realmente vivia sua doença demais. Gisela devia estar certa: mesmo naquele momento o tratamento não era a coisa mais importante do mundo. Ele superaria a dor, voltaria à vida normal. Precisava de Gisela, mais que nunca. E sabia o que fazer.

Assim, quando seus sentimentos o mandavam fazer o contrário, na noite seguinte sepultou o ressentimento levando-a para jantar. Não tocou no assunto da doença, nas dores, em nada que incomodasse. Foi o mesmo Ivan de antes, não o Ivan que Gisela conhecera, mas de antes ainda, do tempo em que ficar doente era algo que nem lhe passava pela cabeça.

Tomaram vinho branco, conversaram, namoraram. Gisela arrumara seus cabelos num cacho atrás da nuca, ele gostava do vestido branco que realçava sua pele morena. Beijava sua mão e pensava que não tinha mais tempo para escolhas, ou para começar de novo com outra mulher. Na verdade, não tinha tempo sequer para um casamento. Naquela noite, quando a levou para casa e fizeram amor, da maneira que ele estava aprendendo, misturando o prazer e a dor, convidou-a para morarem juntos.

— Tem certeza? — disse ela.

— Tenho.

Foi como se Gisela estivesse apenas esperando por isso. Sorriu, beijou-o e disse:

— Claro.

Ivan surpreendeu-se com sua reação tão pronta. Talvez por ser artista, Gisela não se importasse tanto com as convenções, os ritos de passagem — anéis de noivado, igreja, comunicações públicas. Ou talvez facilitasse tudo por ser a mulher dos seus receios, que não pensava em conseqüências, seguia impulsos e oportunidades, tinha pressa, cortava etapas, movida por uma convicção obediente apenas ao coração. Da mesma maneira que usava as tintas em seus quadros, movia-se na vida com as pinceladas cegas da impulsividade.

Não pense, disse Ivan a si mesmo — sinta, aproveite. Aquilo lhe fez bem. Aquela noite ele dormiu feliz, ou se não feliz, ao menos aliviado, apertando Gisela de encontro ao peito, o rosto enfiado em seus cabelos, disposto a esquecer os últimos tempos de sofrimento. Ela era o seu bálsamo, o lenimento daquela e todas as noites a partir dali.

No sábado seguinte, ela trouxe para a casa de Ivan tudo o que possuía: roupas, objetos domésticos, seus quadros. Ele ofereceu um dos quartos desocupados da casa para que o transformasse em ateliê e lhe deixou o maior dos dois banheiros do quarto. Gisela mudou de lugar os móveis da sala, colocou alguns de seus quadros nas paredes: a casa ganhou mais vida. Encheu a cozinha com suas panelas, temperos e jogos de louça. Ocupou dois terços dos armários no closet, que Ivan lhe cedeu com prazer. Daria-lhe todo o espaço possível, enchendo todos os vazios, do jeito que ocupava seu coração.

Como se tivesse sido consultada, Arlinda exibia um ar de triunfo. Não escondia seu contentamento com a oficialização de Gisela como patroa, mesmo sem o sacramento do matrimônio.

— Essa é a melhor coisa que o senhor fez — disse ela, varrendo o chão do escritório certa manhã, enquanto ele trabalhava. Quando Ivan levantou os olhos do *laptop*, Arlinda baixou os dela e prosseguiu varrendo. Já sou minoria em minha própria casa, ele pensou.

Em sua nova situação, Gisela ficou ainda mais à vontade. Convidava pessoas para o almoço nos fins de semana já na condição de anfitriã. A sua mudança repentina para a casa de Ivan surpreendeu os familiares dele, mas ninguém o recriminou, ao contrário. Todos estavam muito acostumados com Gisela, mais até do que ele mesmo. Enquanto a família e os amigos confraternizavam, às vezes ele se escondia para que não vissem seu rosto contorcido de dor. Inventava desculpas para sair das conversas e fechava-se secretamente no banheiro de seu quarto, convulsionado pela síndrome provocada pelo BCG.

Aos menos, os seis meses de tratamento chegavam ao fim. Depois da última aplicação da vacina, teria três meses de descanso até o próximo exame. Seria um tempo preparativo para a segunda etapa da sua vida. Precisava acreditar que venceria, ficaria bom, receberia a recompensa por todo aquele sacrifício. Se tivesse essa oportunidade, prometia a si mesmo melhorar como gente. Completaria a metamorfose: ganharia a coragem necessária, buscaria a energia da fé. Faria com mais dignidade a parte que lhe cabia no mundo.

Jurava que jamais pensaria outra vez nas mulheres que deixara para trás, nos filhos que não tivera, nas casas pelas quais passara, tudo a pretexto de viver, viver, viver. E viveria de verdade, uma única vida, a sua própria. Tinha com Gisela a oportunidade de recomeçar de outra maneira. Sairia do câncer mais forte e preparado para aproveitar a existência.

Só tinha de superar a dor, primeiro a dor, e depois o medo,

as duas coisas que não o abandonavam, expressões do mal que lhe tiravam o sono. De madrugada, levantava em silêncio para não incomodar Gisela, saía do quarto pé ante pé e sentava numa cadeira de vime, no jardim, com um cobertor leve, para chorar sozinho — de dor e de medo.

Nessas horas, assustado como uma criança, esperava o Príncipe de Lata emergir a qualquer momento das brumas criadas pela defumação esotérica da bruxa Telma, vitorioso naquele embate metafísico. E lembrou não ser a primeira vez em que o associava ao medo. Porque fora isso que sentira, medo, no dia em que o vira pela primeira vez, ironicamente naquela cidade que atende pelo nome enganoso de La Paz.

* * *

O ônibus desceu lentamente a via que levava do altiplano ao fundo da cratera, onde ficava o centro da capital boliviana. Havia em La Paz o mesmo contraste do Rio de Janeiro. Da avenida 16 de Julio, podia-se avistar a pobreza materializada na miríade de luzes provenientes dos barracos que tremeluziam nas paredes do recôncavo. Porém, havia ali também algo que a Marcial, mais viajado, lembrava Buenos Aires ou Paris: os edifícios aristocráticos dos bancos, os templos envidraçados das empresas mais prósperas e os cafés freqüentados por cavalheiros e senhoras cuja tez esbranquiçada pelo pó-de-arroz se refletia nos espelhos bisotados.

A 16 de Julio era o ponto final. Pai e filho desceram do ônibus, mochila às costas, ao lado de Pedro e Roberto. Estavam dispostos a procurar um hotel, fizeram menção de despedir-se. Pedro, contudo, reafirmou seu convite.

— A casa de minha irmã fica perto, no bairro de San Pedro — disse. — Hoje vocês são nossos convidados.

Marcial nunca fora muito sociável, mas aceitou, contaminado pelo espírito de aventura, a solidariedade em terra inóspita, ou a preocupação com os gastos, depois do oneroso trampolim aéreo que os jogara ali.

— Está bem, então vamos. Onde é?

— Três quadras acima — disse Pedro.

Marcial quis caminhar na direção que ele apontara, mas Roberto o interrompeu.

— Espere — disse. — Precisamos de um táxi.

— Um táxi? São apenas três quadras.

— Acredite em Roberto — concordou Pedro. — Não podemos sair andando. Vamos de táxi.

Embora subestimassem os efeitos que a altitude podia causar no organismo despreparado, Ivan e Marcial concordaram. Entraram com os peruanos em um táxi, levando as mochilas no colo, de modo a haver espaço para todos. Tomaram a rua que subia morro acima, até parar a exatas três quadras, menos de um minuto depois.

A casa da irmã de Pedro era um sobrado de classe média boliviana, em estado precário por força de uma reforma ainda em curso. O portão, desmontado, estava colocado sobre um monte de areia. A parede era cinza de reboco. Pedro bateu palmas, pois não funcionava a campainha. Como ninguém atendesse, enfiou a mão sob um vaso no pequeno quintal da frente e retirou uma chave, com um bilhete: "Pedro, fomos viajar. Fiquem à vontade. Voltamos sábado. Beijos". Embaixo assinado um nome que a Ivan pareceu muito apropriado: Consolação.

Abriram a porta. Pedro tentou ligar as luzes da casa, em vão: não havia lâmpadas nos soquetes que pendiam do teto na ponta de longos fios. Os móveis amontoavam-se na sala, cobertos por lençóis e cobertores velhos. Subiram ao segundo andar, também às escuras, onde havia outro quarto, com uma cama de casal.

— Vocês podem ficar aqui — disse Pedro. — Dormimos lá embaixo nos sofás.

Ivan e Marcial gostariam de sair para comer alguma coisa, mas foram desaconselhados. "A altitude", lembrou Roberto. "É melhor não fazer muita força hoje, recomendo dormir." Tendo explodido seu cantil, Ivan aceitou um pouco da água que os peruanos ofereceram e engoliu a fome. Devia ser pouco mais de oito horas da noite.

Enquanto seus companheiros de viagem se acomodavam no térreo, Marcial e Ivan subiram por uma escada espiral que levava do quarto no piso superior até a laje, uma plataforma descoberta de cimento. Dali, eles podiam ver a sombra dos telhados morro abaixo e as luzes da cidade ao redor da cratera. O "céu de ponta-cabeça" fundia-se à abóbada estrelada, dando a impressão de que eles estavam no centro do universo.

Dormiram maravilhados. Durante o sono, ironicamente, é que Ivan e Marcial sentiram pela primeira vez os efeitos da altitude. Cada vez que se viravam na cama, acordavam com o coração acelerado. Mesmo no fundo daquela panela no altiplano, La Paz estava a 3.600 metros de altitude, onde eles tinham desembarcado de repente, sem passar pela adaptação gradativa que ocorre quando se sobe os Andes por via terrestre. Os índios bolivianos possuem o fígado maior e mais capaz que o de um homem normal, de modo a suprir as exigências de oxigenação do organismo, prejudicada pelo ar rarefeito da altitude. Sem essa adaptação da natureza, o coração é sobrecarregado na tarefa de bombear sangue. Por isso, quando se mexia, Ivan, sentia aquele animalzinho disparando no peito feito um coelho.

Pela manhã, ele e Marcial despertaram com uma luz cristalina. Pedro e Roberto já estavam acordados. Permaneceriam em La Paz mais alguns dias, esperando a volta de Consolação. Apesar da insistência dos peruanos para que ficassem com eles mais tempo, Marcial decidiu partir, declarando que os amigos já tinham ajudado muito dando-lhes hospedagem na primeira noite. Despediram-se fazendo votos de um novo encontro pelo caminho.

— Não exagerem! — disse Roberto, como última recomendação. — Por três dias, vocês não devem fazer muito esforço por aqui.

Livres para passear e, talvez, dormir em lugar mais confortável, Ivan e Marcial desceram a ladeira rumo ao centro da cidade. Apesar do desconforto, o sono tinha sido reparador. Ambos se sentiam muito bem, ainda mais naquela manhã iluminada; não viam razão para aguardar três dias de adaptação à altitude. Depois de parecer quase inalcançável, La Paz estava aos seus pés e eles tratariam de aproveitar.

A primeira providência era trocar mais dinheiro. Depois de algumas perguntas, Marcial soube que não havia casas de câmbio na capital da Bolívia. O dinheiro era comprado numa rua paralela à avenida principal. Lá estava, de fato, uma multidão de gente ao redor daqueles pacotes de papel-moeda. Marcial apresentou cem dólares a um dos cambistas e recebeu um saco de supermercado cheio de maços. Tratou de dividir com o filho os pacotes, que representavam um considerável aumento da bagagem. O peso boliviano justificava o seu nome.

Perambularam pelo mercado indígena, onde as cholas se aboletavam em caixotes de madeira. Sobre panos espalhados pelo chão, vendia-se de tudo: frutas, legumes, verduras, bijuterias, casacos de lã, *auayos*, rádios, relógios, brinquedos movidos a pilha. Eles compraram casacos de lhama, mais grosseiros e baratos que os de vicunha, bastante quentes, mas leves

— ótimos para andarilhos. Havia na feira livre também caixinhas de chá de coca, encontradas em La Paz até em supermercados, padarias e bazares, como se acha pacotes de chá comum no resto do mundo. Ivan e Marcial detiveram-se diante das barracas de folhas naturais de coca, que os índios da América andina mascam para ganhar energia e anular os efeitos da altitude. Ivan experimentou: a língua ficou amortecida, devido ao poder anestésico da droga.

Pela hora do almoço, as ruas centrais de La Paz fervilhavam. Até então, eles tinham visto entre os indígenas a predominância dos aymara. Ali já havia muitos quíchuas, de pele acobreada, nariz aquilino, que usavam toucas e roupas de um colorido mais vivo. Dividiam o cenário com os aymaras e caucasianos descendentes dos colonizadores espanhóis, da mesma maneira que a arquitetura da cidade formava um mosaico de barracos, edifícios modernos e igrejas coloniais.

Eles visitaram a catedral Nossa Senhora da Paz, de 1831, com sua torre central, colunas coríntias e nave de paredes recamadas de ouro tomado aos nativos pelos conquistadores. Depois foram ao museu Tihuanaco, edifício trazido pedra por pedra da cidade inca de mesmo nome para abrigar relíquias históricas e arqueológicas. Ali eles viram cerâmicas, utensílios e múmias incas conservadas dentro de várias camadas de panos embebidos em natrão, acondicionadas em grandes potes de barro. Algumas estavam expostas, figuras enegrecidas e ressecadas, com as mãozinhas retorcidas diabolicamente, a expressão cadavérica do rosto vazado no nariz e nos olhos, cabelos ralos, em posição fetal. Para Ivan, pareciam crisálidas em transformação para um vôo ao outro mundo. Pai e filho saíram impressionados, como se daqueles mortos embalsamados em rituais de bruxaria ainda emanasse um feitiço ancestral.

Era fim de tarde e eles se sentaram em um café, de onde podiam ver o movimento da rua pelas vidraças. Pediram *croissants* e *cappuccinos* para espantar a fome e o frio, discutiam as impressões causadas pela visita aos mortos, quando a porta de vidro se abriu e surgiu no salão aquele andarilho andrajoso, alto, moreno, braços e pernas encardidos de sujeira, sandálias presas à canela por tiras de borracha. Na cabeça, usava um insólito capacete de conquistador espanhol, de crista cortante e bicos retorcidos para cima, apontando à frente e atrás.

Era um mendigo, mas não um mendigo comum. Na sua aparente miséria, havia uma inexplicável realeza. No rosto, com as feições características do quíchua, de pele curtida e nariz aquilino, exibia uma altaneira majestade. Arrastava seus longos trapos como um manto. Na mão direita, empunhava um cajado, não para se apoiar, mas como o cetro de um príncipe. O capacete era uma peça anacrônica que lhe emprestava o aspecto de um herói quixotesco, saído de um passado remoto.

Ivan e Marcial já tinham visto chefes índios no Brasil que se comportavam com grande dignidade, mesmo vestidos de tanga e penachos: tratava-se da aura de quem é afeito a impor naturalmente sua autoridade. Contudo, nunca tinham visto tal imponência em alguém como naquele imperador *brancaleone*.

O quíchua dirigiu-se ao caixa e falou numa língua incompreensível, com a voz empostada da realeza. Não pedia esmola; dava ordens. Em vez de enxotá-lo dali, como costumam fazer comerciantes com os importunos, o dono do estabelecimento ouviu-o respeitosamente. Respondeu dizendo algumas palavras na mesma língua e deu rápidas instruções a um funcionário atrás do balcão. Em segundos, entregou-lhe um embrulho, decerto comida para alguns dias. Esquecendo ou achando desnecessário agradecer, o estranho saiu do café em passadas largas, não sem antes lançar a Ivan e Marcial um breve olhar que provocou neles o efeito de um choque elétrico.

Pai e filho ficaram intrigados com a figura do mendigo e ainda mais pela enigmática cena. Depois de sorver o último gole do seu *cappuccino*, Marcial levantou-se para pagar a conta direto no caixa. Aproveitou o momento para interpelar o proprietário.

— Desculpe... Quem é aquele homem que saiu daqui agora há pouco?

O boliviano olhou assustado, como se tivesse sido apanhado por um fiscal da prefeitura.

— Ninguém, senhor, ninguém — respondeu, entregando o troco e dando o assunto por encerrado.

Eles saíram do café e deram a volta no quarteirão, curiosos para ver se ainda encontravam o Príncipe de Lata. Marcial tinha esperança de poder fotografá-lo, com a velha Yashica que trouxera na bagagem: aquele mendigo era a coisa mais impressionante que vira até então. Contudo, parou para examinar Ivan. O filho estava pálido.

— Não estou me sentindo muito bem — reconheceu ele. — Preciso me deitar.

— Vamos procurar um hotel — disse Marcial.

Mochila ainda às costas, Ivan sentiu tonturas. A altitude, ele pensou, enquanto as imagens se embaralhavam. Vendo que o filho não tinha forças para ir longe, Marcial entrou no primeiro hotel pelo qual passaram, um edifício arruinado, cuja porta dava para um pátio interno ao ar livre. Dali, eles podiam ver as sacadas em forma de U, empilhadas em cinco andares, onde se sucediam os quartos. Mediante pagamento antecipado, o gerente lhes deu a chave de um deles, no terceiro andar. Subir as escadas, apoiado no pai com uma mão e no corrimão de ferro com a outra, foi um suplício para Ivan. Com duas camas de solteiro encostadas em paredes opostas, escuro, sem janelas, o quarto lembrava uma gruta: Marcial deixou aberta a porta para a sacada, de modo a entrar o ar. Ivan se deitou na cama da direita, sentindo a cabeça explodir. Um penico encontrado providencialmente sob o estrado serviu para que expelisse tudo o que comera havia pouco.

Sua dor de cabeça cresceu tão rápido e tanto que provocou convulsões. Mesmo quando já não tinha nada que vomitar, prosseguiu em espasmos de vômito. Por um vão do seu cérebro torturado, Ivan pensava: estou neste pulgueiro, neste lugar imundo, neste canto onde Judas perdeu as botas, longe de minha mãe, longe de minha casa, longe do meu país, sou apenas um adolescente sem ter feito nada do que pretendia.

— Pai, por favor, faça alguma coisa.

Marcial, imóvel, não sabia o que fazer.

Ivan mergulhou em trevas, entre espasmos e delírios, nos quais via o Príncipe de Lata, esplêndido em seus majestosos farrapos, tirar da bainha uma longa espada espanhola. Encostava-a em sua cabeça, fazendo com que Ivan sentisse na testa a frieza do aço. Pedia ao mendigo que não o matasse, enquanto ele ria loucamente, sua boca de dentes podres despejando um bafo maligno. A espada atravessava sua cabeça, o chão parecia fugir; de repente ele via Pedro e Roberto com os braços estendidos para o alto e as paredes do hotel caíam no Grande Terremoto. Quanto maior o esforço para livrar-se daquela dor lancinante, mais certeza Ivan tinha, nos seus breves momentos de lucidez: então é aqui, com uma cusparada neste penico, no mundo estranho desse mendigo misterioso, que eu, Ivan Amaral Azevedo, encaro por cruel e injusta antecipação o destino definitivo dos homens, levando comigo para o limbo do esquecimento todos os meus sonhos não realizados.

* * *

"Pense em uma bola de luz, pairando sobre a sua cabeça, assim, com os olhos fechados. Pense agora que essa bola de luz começa a descer, entra no seu corpo. Sinta como ela te ilumina, te aquece. Você agora é essa bola de luz, irradia esse calor, uma bola de luz que brilha na vastidão do universo."

Ivan estava de olhos fechados no meio daquele condomínio de estranhos, pouco à vontade devido à ausência dos sapatos, retirados na entrada. Todos tinham feito o mesmo, ele seguira a regra, mesmo a contragosto. Detestava ficar descalço na casa dos outros, ou no meio de outras pessoas. Não entendia como os japoneses, tão educados em tudo, cultivavam milenarmente o costume de andar em casa só de meias. "É para que vocês se sintam mais à vontade", dissera Roberto, seu novo Mestre Facilitador, que induzia o grupo ao estado meditativo construindo aquela imagem sideral. Ivan achava que os pés e o seu respectivo chulé deviam ser conservados para o proprietário. Tudo o que pensava naquele instante, transformado em bola de luz na vastidão do universo, era na importância do sapato na escala da civilização.

Chegara às oito e meia da noite, deixara o BMW no estacionamento do edifício de escritórios, àquela hora quase deserto. O funcionário da recepção, um senhor de longos bigodes, olhou-o com o ar superior de quem já vira muitos na sua condição, como se soubesse que ele vinha para uma reunião com outros náufragos da vida. O homem conferira seu nome em uma lista e lhe dera o cartão eletrônico de acesso. As reuniões do *pathwork* aconteciam numa sala do terceiro andar, com uma pequena recepção, um banheiro e uma sala onde havia uma elipse de cadeiras e almofadas espalhadas pelo chão. "Cada um se acomoda do jeito que acha mais confortável", explicara Roberto, que atendera à porta, ao apresentar-lhe o ambiente.

Algumas vezes Ivan se arrependia de ceder às sugestões de

Gisela, mas era tarde para recuar. Fazia três semanas que completara sua última aplicação de BCG. Passara a fase mais aguda da recuperação: sentia-se melhor, a bexiga o incomodava menos e, apesar dos olhos fundos e do emagrecimento, sua disposição melhorara. Tinha pouco mais de dois meses até o exame citoscópico seguinte que avaliara o resultado do tratamento, tempo que se dera para reencontrar o equilíbrio. "Eu acho que tenho a solução para você", dissera a namorada.

Sugerira que ele freqüentasse sessões de *pathwork*. Gisela garantira que aquilo a ajudara a superar a morte da mãe e as brigas familiares. Formava-se naquele instante um novo grupo, orientado por Roberto. Ivan poderia ver como funcionava, sem assumir compromisso. O nome daquela prática — trabalho do caminho, em inglês — pareceu a Ivan da mesma natureza que a idéia de fazer a caminhada na Espanha com o pai. Aceitaria tudo o que lhe desse outra vez a perspectiva de viver melhor e trazer uma boa influência para o organismo.

Roberto, um endinheirado executivo do mercado financeiro, alugara aquela sala na Vila Olímpia com dinheiro do próprio bolso exclusivamente para as sessões de *pathwork*. Contou que havia grupos desse gênero não só no Brasil como nos Estados Unidos e na Europa: tratava-se de uma rede mundial. O "Método", disse, dava muito resultado. Depois de se considerar curado, ele ficara tão grato ao *pathwork* que continuara a freqüentar as reuniões e decidira tornar-se Mestre Facilitador. Assim, poderia continuar conversando com as pessoas, a enriquecer-se com a experiência alheia, ao mesmo tempo em que também procurava ajudar os outros.

— O Mestre Facilitador é um auxiliar, um orientador do grupo para trilhar o Caminho. Não somos gurus de nenhuma seita ou nada parecido.

As reuniões eram temáticas: escolhia-se um assunto e cada um compartilhava com os outros sua experiência. Ivan sempre fizera pouco caso das pessoas sem travas na língua, que conhecem as outras num instante e no outro já são capazes de desfiar toda a sua biografia, muitas vezes com detalhes polêmicos ou picantes. No fundo, porém, talvez as invejasse: eram pessoas livres, sem amarras, que mantinham um canal aberto com o mundo, possivelmente mais saudáveis mental e fisicamente do que ele. Afeito a discorrer em público sobre qualquer assunto, ele tinha muito mais dificuldade de falar sobre si mesmo. Pouco discutia assuntos particulares com os amigos, o que dizer então com estranhos.

Claro que aquilo devia estar errado. Era o mesmo ponto fraco do pai, herdara dele aquele calcanhar-de-aquiles. Lembrou-se do que Marcial lhe dissera sobre sua catarse no Fonte de Luz, abraçando a desconhecida que chorava. Entendeu melhor o significado do que acontecera: o pai abrira-se para o sentimento da maneira mais genuína, autêntica, generosa: com estranhos. Ao compartilhar aquele momento com alguém que não conhecia, saíra das sombras de si mesmo. De repente deixara entrar o sol.

Espelhava-se agora na experiência do pai: fazer tudo ao contrário do temperamento de ambos podia ser o tratamento de que eles precisavam. Um choque de humanidade, de solidariedade, de franqueza desarmada bem poderia ser a cura contra anos de comportamento enrustido e autoconsumação. Assim como Marcial, Ivan estava disposto a colocar seus males para fora. Derrubaria as muralhas levantadas contra o mundo, abriria as portas do coração, aprenderia com os outros. Não podia comandar as células rebeldes que se moviam em sua bexiga, mas faria o melhor possível para consertar o que podia ser consertado. Buscar o equilíbrio não era uma escolha, mas uma questão de sobrevivência.

Roberto lhe propusera que ficasse: Ivan poderia participar de uma sessão e decidir se voltaria ou não. Era um homem inteligente. Se um bem-sucedido financista podia dedicar-se àquilo, Ivan poderia muito bem fazer o mesmo. Decidira ficar.

Um a um, deixando seus sapatos na porta de entrada, distribuindo abraços efusivos, tinham chegado os oito participantes do encontro. O grupo era ecumênico: havia uma dona-de-casa, um gerente de banco, uma empresária do ramo de turismo, um pedreiro, uma arquiteta, uma aposentada, um estudante de fisioterapia, o dono de uma loja de tecidos. Depois das apresentações, sob o comando de Roberto, os participantes tinham formado um círculo. Em pé, davam-se as mãos para exercícios de respiração e relaxamento, preparatórios da meditação.

"Pense em uma bola de luz", dizia Roberto, "uma bola de luz que brilha na vastidão do universo." De olhos fechados, Ivan se esforçou para imaginar a tal bola, procurou incorporá-la, sentir o corpo se aquecer, irradiando calor. Pensou na vastidão do universo, enxergou-se como um insignificante grão de poeira, um nada no meio do infinito, destinado a sumir na indiferença geral da obra desordenada e sem propósito da Criação. Em vez de irradiar alguma coisa, viu-se engolido por um buraco negro, desaparecendo no Nada absoluto.

Depois do exercício de meditação, sentaram-se todos para discutir o tema da noite, baseado num dos textos dos livros do *pathwork*. Ivan escolheu uma cadeira, enquanto outros se sentavam nas almofadas sobre o chão.

— O texto de hoje é *As forças do amor, Eros e a sexualidade* — disse Roberto. — Gostaria que alguém de vocês dissesse o que mais chamou sua atenção.

"Forças do amor, Eros e a sexualidade, hum", ruminou Ivan. Pelo assunto, ele receou que a reunião principiasse por uma série de confissões de natureza sexual. Ainda mais quando o primeiro a se manifestar foi o sujeito esquisito de gravata puída, sobrancelhas de taturana, olhos de carvão que engoliam a luz e voz cavernosa, o tipo que passa as noites polindo sua Luger.

— Para o nosso novo companheiro, quero me apresentar — disse ele. — Meu nome é Alberico Ramos. Tenho uma loja na rua 25 de Março, nada muito chique, claro, lá só tem comércio popular. Esta é minha terceira reunião. Gostaria de dizer que o trecho que mais me chamou a atenção foi este aqui.

Tomou na mão suas xerox com o texto sobre Eros e, como um locutor da era primitiva do rádio, leu em voz alta.

"Quem tem a personalidade aventureira está em constante busca, sempre encontrando outra parte do seu ser, sempre se revelando até certo ponto, e não mais, ou talvez revelando, a cada vez, outra faceta de sua personalidade. No entanto, quando se trata do núcleo interior, a porta está fechada. Eros, então, parte e começa uma nova busca. Cada ocasião é uma decepção que só pode ser entendida quando essas verdades são captadas."

Alberico contou, então, das suas três ex-mulheres, todas cheias de qualidades, mas que nunca lhe pareciam suficientes. Tornara-se um homem errante, sempre insatisfeito, acreditando na liberdade como virtude, ao mesmo tempo em que acobertava sua solidão e sua infelicidade. Ivan examinava os circundantes, cujos olhos se pregavam no orador que fazia sua confissão, para não olhar a si mesmo. Mesmo considerando-se muito diferente daquele vendedor de tecidos, o que ouviu bem poderia vir da sua própria boca.

— Perdoem se omito alguns detalhes — disse Alberico, antes de prosseguir.

Casara-se pela primeira vez com uma mulata exuberante, escolhida na medida dos seus desejos primordiais. E a dispensara sumariamente quando, apesar das suas cadeiras fartas e seu gosto para o sexo exótico, se revelara uma dona-de-casa sofrível, incapaz de fritar um ovo, além de trazer para sua casa o resto da família, convertendo-a num movimentado cortiço. Alberico mudara, então, para uma dona-de-casa impecável, uma loura de origem germânica, que passava pessoalmente suas camisas, mantinha os colarinhos engomados, dirigia a casa com autoridade militar e prometia lhe dar filhos perfeitos, mas era incapaz de versar sobre qualquer assunto além das lides domésticas.

— Queria ter filhos logo — disse ele. — E eu me imaginei num mundo onde apenas se falava de fraldas, do pediatra e dos problemas com a empregada doméstica.

Enfarado, Alberico sonhava com a antiga liberdade nos braços de prostitutas, vizinhas e desconhecidas que o acolhiam numa cruzada extraconjugal. Até que, cansado de compensar sua insatisfação daquela maneira clandestina, trocara a Dona da Casa Perfeita por uma professora de História, ruiva de olhos sagazes que o afastava de sua infância de muito trabalho árduo e pouca educação. Recuperara com ela todas as aulas cabuladas em sua infância, em noites de deliciosa ilustração, mas havia nela também um racionalismo cruel que às vezes o machucava. Sentira-se mais sozinho ao lado dela do que nos casamentos anteriores.

— *Cada ocasião é uma decepção* — sublinhou Alberico com a voz, repetindo a citação. — Na verdade, demorei a descobrir que o culpado pela minha infelicidade era eu mesmo, porque só via nas mulheres o que eu precisava naquele momento, sem saber ao certo quem eu era. Por isso estou aqui, acho: para saber quem eu sou. E, assim, encontrar alguém mais de acordo comigo mesmo.

O silêncio baixou sobre o grupo quando o vendedor de tecidos terminou de falar. Ivan pensava: esse homem de gravata mal-ajambrada sou eu, roubou-me as palavras. Sentiu-se um idiota por jamais ter definido seu próprio problema tão bem quanto aquele sujeito despreparado até para vestir a roupa quando se olhava no espelho pela manhã.

— Obrigado — disse Roberto a Alberico. — Alguém tem algo mais a dizer?

Seguiu-se uma sequência de depoimentos sobre aquele assunto, fios que se cruzavam, tecendo uma teia aérea que Ivan seguia com interesse crescente. Helena, a dona-de-casa, disse que tivera sérios problemas com seu marido no passado, quando ele a acusara de ter uma visão limitada aos assuntos domésticos, assim como a segunda esposa de Alberico. E revelou como pudera lhe mostrar seu valor durante a doença grave do filho, vitimado por uma variação feroz de meningite, episódio dramático que acabara por uni-los ainda mais. Hélio, o gerente de banco, disse que passara a vida inteira com a mesma mulher, mas a traíra seguidamente, sempre às escondidas, certo de que essa era a válvula de escape para manter uma vida sem problemas, apenas para concluir que era tão sozinho quanto o vendedor. O estudante de fisioterapia disse que sentia as mesmas coisas, até descobrir que era gay. Casara-se com um homem muito mais velho que pagava sua faculdade, suas roupas e viagens, mas continuava infeliz.

Era como se eles olhassem um prisma. As respostas para suas angústias não se encontravam dentro do mineral translúcido, mas no rosto decomposto dos outros seres humanos que viam do outro lado.

Quase todos tinham falado. Olhavam, agora, para Ivan. E ele, que nunca falava de si mesmo, de repente não sentiu nenhum receio.

— Meu nome é Ivan, estou chegando perto dos quarenta anos e sou publicitário — disse. — Tenho a dizer que, como o senhor Alberico, tive muitas mulheres. Há algum tempo, quando soube que tinha câncer, descobri também que não podia recorrer a nenhuma delas para ficar ao meu lado e tudo o que eu fizera não deixara qualquer sentimento, exceto, talvez, o rancor. Na minha solidão, concluí então que minha vida devia estar completamente errada e que talvez no fundo eu já soubesse disso. E que a culpa por meus erros, ou a tristeza, pode até ter sido parte da minha doença, como se a consciência me castigasse fisicamente, promovendo uma somatização. Hoje acredito que preciso me livrar disso, para viver melhor. Ou, melhor dizendo, para sobreviver.

Voltou aquele silêncio que ele vira cercar Alberico Ramos, só que agora estava ao seu redor. O vendedor de tecidos balançava o queixo, afirmativamente, sinal de que o compreendia com perfeição. Ivan contou alguns casos das mulheres que se sucediam ao seu lado, como se buscasse a felicidade sempre mais adiante, num movimento gerado por uma insatisfação permanente. E de como ele, como publicitário, transformara-se em vendilhão do templo, em vez de fiel ou sacerdote. Gostaria agora de assentar, ser mais justo, menos egoísta. E quem sabe, por meio de uma vida digna, obter finalmente a paz.

Seguiu-se novo silêncio, ainda mais profundo que o primeiro. "Não surpreendi ninguém", pensou Ivan. "Todos os publicitários devem ser iguais."

Naquele instante, Roberto decidiu intervir.

— Agradeço o seu depoimento — disse. — Mas, como você vê, não é diferente de ninguém aqui. Não deve se culpar. Somos todos seres humanos com problemas e, como acontece com os bebês, às vezes somos ignorantes da vida e não podemos ser responsabilizados pelas nossas falhas no terreno afetivo. Muitas vezes, os nossos problemas vêm mesmo da infância, pertencem à criança que ainda está dentro de nós, a nossa parte emocional não desenvolvida. Não devemos nos culpar, mas devemos educar a criança, aprender. Estamos aqui para isso.

Isto posto, o grupo passou a discutir outros aspectos do texto sobre Eros, mas Ivan pouco ouviu. Parecia que a pessoa que falara não tinha sido ele, mas um dedo-duro que habitava secretamente o seu interior. Estimulado pelo discurso de Alberico, expusera de maneira cristalina diante de estranhos o que antes sequer definira muito bem para si mesmo. Sentiu um imenso alívio com suas próprias palavras e as de Roberto. Livrara-se de uma carga cujo tamanho antes nem ao menos avaliava.

— Hoje a sessão foi bastante produtiva — disse Roberto, ao final dos trabalhos daquela noite. — Gostaria de encerrar a nossa reunião lembrando que, quando olhamos para os relacionamentos sob um aspecto somente, estamos jogando fora todos os outros. Não adianta nos juntarmos a alguém por razões circunstanciais, ignorando o conjunto de nossas necessidades. Fazemos isso porque, por alguma razão, escondemos algo de nós mesmos. Não é incompetência ou ignorância, mas uma forma de autodefesa. O mesmo mecanismo que impede o autoconhecimento também nos impede de nos aproximar das outras pessoas. É preciso aceitar todas as dimensões do ser humano para amar. Por isso nos diz o Guia: todo relacionamento que deixa de lado a espiritualidade não é completo. Portanto, não tem amor.

Para o encerramento da sessão, Roberto pediu que o grupo ficasse de mãos dadas, num agradecimento coletivo à inspiração daquela noite. Depois foram todos dispensados. Ivan saiu da sala pensativo, após calçar os seus sapatos. Esperou que todos fossem embora e acompanhou Roberto, com quem queria ter uma última conversa a sós. Caminharam juntos até o estacionamento, parando em frente ao seu BMW. Eram quase onze horas da noite e fazia um pouco de frio.

— Então, o que achou? — perguntou Roberto.

Ivan mostrou-se admirado com os resultados obtidos aquela noite. E com a sabedoria do texto discutido.

— Só não entendi a referência que você fez a esse *guia* — disse ele. — Do que se trata?

Roberto explicou que os textos nos quais eles se baseavam para as reuniões eram de autoria de uma senhora já falecida, a austríaca Eva Pierrakos, que seria a porta-voz de um espírito. Tal espírito, que transmitia seu conhecimento a Eva por via mediúnica, jamais revelara seu nome. Os freqüentadores do *pathwork* o chamavam apenas de Guia. Por meio de Eva, a entidade incorpórea proferira 258 palestras sobre a vida humana, entre 1957 e 1979, quando ela faleceu. Mas Eva e o marido tinham deixado uma fundação para cuidar dos direitos dos textos do Guia e fomentar a expansão do Trabalho do Caminho.

Cumprimentaram-se e Roberto tomou a iniciativa de abraçá-lo. Ivan foi para casa matutando sobre o que acabara de fazer e ouvir. A organização do *pathwork*, então, se inspirava em mensagens oriundas do Além. Ele se perguntava até que ponto aquilo afetava a validade do que tinha sido dito na reunião.

Em casa, Gisela o esperava curiosa. Ivan lhe perguntou por que nada lhe falara sobre aquela história do Guia.

— Achei melhor que você visse primeiro como é — disse ela. — Imaginei que você desvalorizaria o que acontece no *pathwork* porque não acredita nessas coisas.

— E você, acredita?

— Você quer dizer... No Guia?

— Exatamente.

— Não é preciso acreditar no Guia para ir às reuniões — desconversou ela. — Mesmo não acreditando, você pode aproveitar as idéias dos textos e a discussão. Vai ver que tudo faz muito sentido, tendo vindo de um espírito ou não. Mas o Guia é sábio, você verá.

Ele pensou nas implicações da resposta de Gisela. Sim, Ivan acreditava que aquelas reuniões poderiam ser boas para ele, e que a história do Guia não fazia diferença, já que o mais importante para ele era soltar-se, participar, mudar. Não lhe agradava a idéia de fazer sua felicidade depender de um espírito. Porém, quem era ele para criticar Gisela? Afinal, o que dizer do Príncipe de Lata? Não podia igualmente jurar tê-lo visto ali mesmo, em pleno bairro do Morumbi, vinte anos depois de seu primeiro encontro?

Com certeza, se ver fantasmas era coisa de maluco, Gisela e sua turma de seguidores do Guia não deviam ser mais loucos que ele.

* * *

A segunda noite em La Paz terminou em um sono profundo, do qual Ivan acordou miraculosamente são. A luz entrava pela porta aberta para o corredor. Ele se sentou no colchão de molas. Não sentia dor alguma, resto de dor, ressaca de dor — nada. O efeito da altitude passara: ainda estou vivo, pensou ele, meio espantado, e aquela luz que entrava no quarto era como um facho divino a iluminá-lo.

Levantou-se, exultante. Naquele momento, entrou Marcial com o desjejum: algumas frutas e pão. Ivan comeu com fúria, depois de empurrar para baixo da cama o penico que exalava o miasma dos fluidos expelidos na noite tenebrosa.

— Não sei se o efeito da altitude já passou completamente — disse Marcial. — Você está em condições de prosseguir?

— Sinto-me ótimo — disse Ivan. — Na verdade, acho que nunca me senti tão bem na vida.

Eles terminaram de comer e saíram. Visto da sacada daquele andar, com suas galerias superpostas em torno do poço central, grades de ferro como parapeito e paredes descascadas, o hotel lembrava uma penitenciária. Contudo, o sol límpido da manhã que descia da abertura sobre o pátio central dava uma claridade esperançosa àquele lugar, onde de outra forma não caberiam bons sentimentos.

Saíram para a rua como se tivessem triunfado sobre o Mal. Tinham novamente a Bolívia a seus pés.

Dali, eles pretendiam seguir rumo ao Peru de ônibus pela Carretera Panamericana, que saía de La Paz em direção à fronteira, passando ao sul do Titicaca — o maior lago de degelo do mundo. Estavam dispostos a viajar imediatamente. Depois da sua ressurreição miraculosa, não havia mais obstáculo para Ivan. Ao caminhar pelas calçadas, entre círculos de cholos que vendiam suas bugigangas, respirava o ar gelado da manhã como combustível puro. Nada o impediria de seguir em frente. Ou quase nada.

Ao chegarem de táxi à rodoviária, eles se depararam com uma série de veículos estacionados. Na Bolívia, o transporte terrestre se fazia em velhas jardineiras, montadas sobre a plataforma de caminhões, com santos pregados no painel, fitas coloridas no espelho do motorista, bancos de madeira. No bagageiro metálico do teto se amontoavam malas, caixas e gaiolas, conjunto que lhes dava o aspecto de cortiços ambulantes. Aquelas, no entanto, estavam estacionadas placidamente: reinava no lugar uma calma de fazenda. No guichê, uma boliviana sonolenta demorou a entender o que eles queriam.

— Bilhetes para Puno, no Peru — insistiu Marcial.
— Puno? *No!*
— Como assim, não?

— *Paro!*
— Paro?
— *Si! El paro de los campesinos!*
Desconcertados, tentaram entender o que se passava. Depois de muitas explicações, a funcionária os fez compreender que havia uma greve de camponeses na Bolívia e, quando eles faziam greve, bloqueavam as estradas, ameaçando quem tentasse passar. Para impedir a circulação dos ônibus, levantavam barricadas. Os motoristas que se atreviam a desafiá-los eram espancados, os passageiros roubados, os veículos depredados. Diziam que a greve duraria mais três dias, mas aquele tipo de previsão nada significava.

— Nunca se sabe! — sentenciou ela.

Eles se sentaram na calçada. Todo o entusiasmo de Ivan evaporava. Mais três dias em La Paz! Seria insuportável. Ele não via a hora de colocar novamente o pé na estrada.

— Tem de haver um jeito — disse Marcial. — Não sabemos se essa greve durará mesmo três dias. Neste país, nada é garantido. É como na guerra. A gente avança como dá. Não podemos esperar a normalização, porque isto não vai se normalizar nunca.

Voltou ao guichê, enchendo a funcionária de perguntas. Não, ela assegurava, não havia nenhuma condução para Puno. A menos que eles conseguissem encontrar um taxista disposto a levá-los até a fronteira.

— E onde poderíamos encontrar um taxista assim?

— El Alto, senhor. Não creio, mas...

Sem alternativa, resolveram arriscar. Tomaram um táxi na rodoviária, pediram que os levasse até El Alto. Subiram pela via que conduzia para fora da cratera. Os telhados de zinco das casas refletiam a luz, como se fossem de prata. Na despedida, La Paz resplandecia. O táxi atingiu o nível do altiplano, rodou até a saída da cidade. No caminho, Marcial perguntou ao motorista se não os levaria a Puno ele mesmo.

— Não, senhor — garantiu ele. — Não sou louco.

— E haverá alguém louco o bastante por aqui?

— Não sei, senhor — respondeu ele. — Devido às barricadas na estrada, não há como passar. Se vocês pretendem ir para a fronteira agora, desistam. É perigoso.

Aquilo não animava, mas eles se viam dispostos a tudo para sair dali. Chegaram a um ponto de táxi próximo ao aeroporto. Meia dúzia de bolivianos com ar preguiçoso conversavam com o traseiro encostado na lataria dos veículos. Marcial pediu ao motorista que os levara até ali que verificasse se alguém podia conduzi-los ao menos até a fronteira. De lá, eles dariam um jeito de passar para o Peru. Como quem confirma o pequeno valor de um bom conselho, o boliviano atendeu à solicitação.

Dali a pouco, ele retornou, com a mesma expressão de contrariedade.

— Há um motorista disposto a levá-los até a fronteira — disse. — Com a taxa de risco, a viagem custará 100 dólares por pessoa.

Sem alternativa, Marcial concordou.

— Pagamento antecipado — acrescentou o boliviano.

Diante de novo assentimento, ele os levou até o motorista que empreenderia o trajeto. Era um sujeito pequeno, de rosto redondo e cabelos pretos compridos, que se identificou como Lorenzo. Marcial entregou-lhe duas notas de cem dólares, que o motorista examinou contra a luz, apalpou e cheirou. No final, abriu um sorriso enriquecido por plaquetas de ouro. Pelo jeito, não era a primeira vez que fazia algum serviço tresloucado, mas lucrativo.

— *Adiós!* — disse o taxista que os trouxera da rodoviária, como a despedir-se de novos habitantes do cemitério.

Entraram no carro e Lorenzo deu a partida. Com a lataria

carcomida, pára-choques e outros pedaços da carcaça balançando com se fosse desmanchar a qualquer momento, o pequeno Lada parecia saído de algum ferro-velho soviético. Enquanto rodavam, Ivan olhava os assentos, de cujos rasgos emergiam molas enferrujadas, e a caixa de câmbio, de onde saía aos suspiros uma fumaça negra com cheiro de óleo queimado. Naquele carrinho pré-histórico, talvez os camponeses bolivianos fossem o seu menor problema.

Passando pela entrada do aeroporto, saíram dos limites de La Paz. A estrada de mão dupla estava coberta pela poeira. Ao longo do caminho sucediam-se povoados indígenas, com casas de argila e pedra recolhidas do deserto, muros baixos de cascalho para cercar cabras e vicunhas. Nem notaram quando o asfalto submerso pelo pó desapareceu: a estrada pouco se distinguia do altiplano. Na medida em que eles avançavam, as aldeias rareavam, assim como seus habitantes. Depois de quarenta minutos de percurso, Ivan se deu conta de que havia muito já não enxergava nada além da planície desértica.

Lorenzo ficava cada vez mais nervoso. Do banco de trás, Ivan podia ver o suor escorrendo em sua nuca e as mãos tremendo ao volante. Súbito, ele freou o veículo e estacionou, em meio a uma nuvem de pó amarelo.

— O que há? — perguntou Marcial.

— Há algo ruim no ar — disse ele.

— Não há nada no ar. Vamos em frente.

— Não — disse Lorenzo. — Desculpem, mas não posso continuar.

Virou-se para os passageiros.

— Escutem, vocês podem voltar comigo — disse. Seus olhos pareciam estreitados pelo medo. — Não posso prosseguir. O risco é muito grande.

Ivan e Marcial se entreolharam. Não estavam dispostos a voltar. Não sabiam o que os esperava, exceto que se dependessem do transporte em La Paz poderiam ficar presos na cidade por dias, talvez semanas.

— Você disse que nos levaria — lembrou Marcial, com voz irritada.

— Não pensei bem. Escutem... É melhor voltar. Não vale a pena... Se não vão voltar comigo, saiam. Saiam já!

Enfiou a mão no bolso, tirou uma das duas notas de cem dólares que Marcial lhe entregara e a jogou no seu colo, sinal do serviço feito pela metade.

Tinham chegado até ali, era melhor que nada. Com a ventilação a zero, o interior do veículo se enchia com a fumaça desprendida do câmbio. Marcial guardou no bolso a nota atirada por Lorenzo. Sem dizer palavra, abriu a porta e desceu, puxando sua mochila, seguido por Ivan.

— *Adiós!* — disse Lorenzo, no mesmo tom fúnebre do motorista em La Paz. — Que Deus os guie!

Eles olharam o veículo arrancar, dar meia volta e acelerar batendo lata. Acompanharam a coluna de poeira que o Lada levantava até desaparecer no horizonte. Ali havia apenas o sopro do vento na paisagem de areia e pedra. A única referência humana era a estrada de terra. Colocaram a mochila nas costas e prosseguiram.

— Covarde! — bradou Ivan, furioso.

Marcial permaneceu em silêncio, preocupado demais para se irritar. Olhava adiante e nada via. Fazia algum tempo, ele estranhava o caminho. No mapa que consultara em La Paz, pela Carretera Panamericana passava-se por pelo menos três cidades antes da fronteira: Laja, a um terço do caminho, Tiahuanaco, na metade, e Guaqui, às margens do Titicaca, no terço final. Pelos seus cálculos, deviam estar chegando a Tiahuanaco, mas não vira passar Laja. Além disso, a estrada devia ser de asfalto, não de terra. Por causa de um repente, tinham se metido em uma enrascada. Era a segunda vez que deixavam ir embora um táxi. Daquela feita, estavam sozinhos no deserto. E perdidos.

Pela manhã, eles ainda tinham tido o cuidado de encher os cantis, incluindo o que Ivan comprara para substituir o antigo, destruído na explosão do refrigerante. Contudo, como não haviam planejado atravessar o deserto a pé, sequer pensaram em comprar comida. E o deserto, como o nome diz, não é o lugar mais indicado para encontrar uma lanchonete.

Sem opção, seguiram estrada adiante. No início, Ivan apreciou andar pelo altiplano. Havia naquela planície próxima do céu uma beleza superior. Aos poucos, contudo, o sol abrasador começou a cozinhá-los. Suando, eles tentaram tirar as blusas de lã, mas em pouco tempo o vento gelado os fez desistir da idéia. Sofriam com sensações contraditórias: fazia um frio cortante, ao mesmo tempo em que o sol, encontrando pouca resistência da camada rarefeita de ar, queimava como brasa. Para piorar, o clima era tão seco que produzia na boca uma sensação permanente de sede. Ivan tirou o cantil para beber, mas Marcial fez sinal para que poupassem reservas.

— Não sabemos ainda quanto teremos de andar — disse.
— Vamos economizar água ao máximo.

Eles caminharam em ritmo constante, sem pressa, para dosar energia. Desde a saída de La Paz, não tinham visto veículo algum na estrada, em qualquer sentido: ou ali não havia mesmo movimento, ou a greve funcionava e os camponeses tinham bloqueado a estrada mais adiante, como devia supor o taxista fugitivo.

Enquanto andava, Ivan observava o sol cair. Depois de três horas de caminhada, no meio da tarde, o frio se tornou mais intenso que o calor. A sede apertava e a fome veio, implacável. Esperavam divisar a qualquer momento os camponeses bloqueando a estrada, possivelmente armados de paus, pedras, foices ou algo pior. Naquele isolamento, porém, eles dariam saltos de alegria até mesmo ao encontrar o inimigo. Talvez os grevistas os deixassem passar, por serem brasileiros. E lhes dessem comida. Certo, mesmo, é que eles não iriam longe sozinhos.

Em vez dos camponeses, o que eles enfim avistaram foi uma construção a duzentos metros da estrada. Rumaram para lá. Era um casebre de pedra num cercadinho desolador, mas tratava-se de um sinal de vida, o que os encheu de esperança. A fome agora era imperiosa. Havia naquele lugar improvável a esperança de atender ao desejo mais vital do homem: encontrar alimento.

Marcial avançou o tronco sobre o cercado de pedra e bateu palmas. Depois de alguma insistência, saiu uma chola de dentro da casinha. Era uma aymara enrugada, de cabelos amarrados em longas tranças, que lhe caíam sobre o peito e emolduravam o olhar desconfiado. Provavelmente não entendia como aqueles dois estranhos de mochila às costas tinham chegado ali a pé, mas nada perguntou.

Com a ajuda de um pouco de mímica, um embaraçado Marcial pediu comida àquela camponesa do altiplano. Para dar ênfase aos seus propósitos, tirou a nota de cem dólares destinados ao táxi que lhe ficara no bolso, na esperança de ver o brilho da cobiça acender no semblante da mulher. A chola manteve seu olhar vazio, como se não compreendesse o que ele queria com aquilo, ou se aquele papel colorido nada valesse por ali. Contudo, sabia o que era a fome: entrou dentro de casa e trouxe, na mão de dedos curtos e nodosos, um pedaço de queijo de cabra. Depois, voltou para dentro de casa, sem apanhar o dinheiro, nem dizer palavra, abandonando-os à própria sorte.

Um pedaço de queijo de cabra é sempre um pedaço de queijo de cabra, não importava que aquele tivesse sido curtido na sujeira e estivesse temperado com um pouco de terra. A fome produz milagres gastronômicos, e Ivan e Marcial repartiram aquela massa salgada e imunda como se fosse um banquete. Olharam para uma cabrinha preta que surgiu no quintal da chola, com sua barbicha de sábio chinês e olhinhos curiosos. Fizeram-lhe uma reverência, como um indiano diante de uma de suas vacas sagradas. O queijo aqueceu o estômago, produzindo neles um novo alento. Para coroar aquela memorável refeição, abriram os cantis e se permitiram dois goles de água, sentados à beira da estrada.

Quando retomaram a caminhada, aqueles momentos de descanso pareceram não ter surtido grande efeito. Ao contrário: cada pé se movia agora preguiçosamente, como se os sapatos estivessem colados ao chão. As mochilas pesavam duzentos quilos. Ivan se lembrou da altitude: será que voltaria a ter a mesma dor de cabeça da noite anterior? Essa possibilidade o apavorava.

Não podiam ficar ali; Marcial já apertava o passo. Mesmo depois de beber, a sede retornou instantaneamente. Aos poucos, a casa da chola ficou para trás. Havia a esperança de que ela morasse perto de algum povoado maior, mas eles nada viam à distância, exceto o interminável platô. Passaram a fazer pequenas paradas, de meia em meia hora, mas o passo se tornava cada vez mais penoso.

— Acho que não agüentaremos muito tempo dessa forma — disse Ivan.

— Temos de prosseguir.

— E se voltarmos para a casa da chola? Lá pelo menos poderíamos passar a noite.

— Ela nos salvou, sem dúvida — disse Marcial. — Nem por isso pareceu muito hospitaleira.

A dificuldade do momento trouxe a camaradagem. Eles riram da situação e passaram a caminhar passando o braço um por cima do ombro do outro, como dois compadres na saída do bar. Aquilo reanimou os espíritos. Ivan olhou para o pai, que poderia estar no seu trabalho, ou a bordo de um táxi em São Paulo, a gravata pendendo do pescoço como um grilhão da vida sem perigos. Pensou em como era bom estar ali ao lado dele, suado, sedento e exausto, mas feliz. Sim, eles chegariam a Machu Picchu, não desistiriam de forma alguma.

Nesse instante, algo fez com que se desviasse daqueles pensamentos.

— Está ouvindo?

Marcial também escutara algo. Eles olharam para trás, de onde vinha um ronco distante. Uma coluna de poeira se levantava ao longe e parecia vir naquela direção. Quem estaria se aventurando naquela estrada? Seriam os próprios camponeses, vasculhando a rodovia em busca de incautos com a ousadia de desafiar a greve? Por um instante, passou pela cabeça de ambos correr e esconder-se atrás das pedras. Porém, nada podia ser pior do que ficar ali. Sem alternativa, entre a expectativa e o medo, eles se postaram no meio da estrada, voltados para o sul, onde a coluna de poeira se avolumava. E, com o coração suspenso, puseram-se no meio da estrada, a esperar.

* * *

Mesmo sem se acostumar muito à transcendentalidade dos conselhos do *pathwork*, Ivan não abandonou as sessões de terapia grupal. Reconfortava-o saber que estava no meio de outras pessoas com problemas semelhantes. Ao fazer suas confissões ao heterogêneo grupo de amigos recém-adquiridos, dividia suas angústias, suas culpa, seu medo. Era bom não estar mais sozinho.

Trabalhava para estar na melhor forma possível até o exame da bexiga. Disposto a apostar em tudo o que lhe prometesse resultados na prevenção contra uma recaída do câncer, recebia com boa vontade todas as iniciativas mágicas que lhe traziam.

A primeira delas veio de Lena, que encomendara para ele um pacote de cogumelos da Piedade. Segundo a mãe, os tais cogumelos já tinham produzido maravilhas com um tio, Afrânio, que também tivera pólipos na bexiga recentemente.

Surpreso com a informação de que não era o único proprietário na família de um problema daquele tipo, Ivan achou que podia tratar-se de um mal hereditário, embora o doutor Roger dissesse que o câncer de bexiga estava mais associado a fatores externos como o álcool e o cigarro. Como Ivan não bebia nem fumava, estava mais inclinado a acreditar na hereditariedade, ou em alguma maldição familiar, piorada a cada geração. O tio Afrânio tivera pólipos somente depois dos setenta anos de idade. Ao contrário de Ivan, descobrira seu mal muito tarde, quando já urinava sangue. A essa altura, o pólipo criara raízes, penetrando em camadas mais fundas da bexiga. Tio Afrânio extraíra vários pólipos e fizera o tratamento de BCG, mas o misticismo familiar atribuíra sua cura quase miraculosa, sem nenhuma reincidência do mal havia quase três anos, à descoberta dos cogumelos cultivados, liofilizados e vendidos por japoneses em uma chácara na periferia de São Paulo.

— Seu tio está ótimo — garantiu Lena. — É só ferver os cogumelos e tomar o chá três vezes ao dia. Não esqueça.

Desconfiado, Ivan telefonou para Roger. Explicou-lhe do que se tratava, perguntou se ouvira falar do tal chá da Piedade. Pelo menos, o nome convinha.

— Existe um monte de coisas que uns farsantes vendem por aí — disse Roger. — Nada disso garante a cura. Mas, se você quiser tomar o chá, creio que pelo menos não te fará mal.

— E se eu ficar curado?

— Aí você vai dizer que foi o chá, e não o médico, mas tudo bem — disse ele, rindo.

Em uma semana, Ivan recebeu pelo correio os cogumelos, empacotados numa caixa de papelão. Entre cético e esperançoso, olhou aqueles pedacinhos secos. Os cogumelos liofilizados deviam ser fervidos em uma panela de ágata, pois o contato com o ferro ou o alumínio anulava seus efeitos. Podiam ser guardados em geladeira para render uma segunda fervura. Ivan tomaria uma xícara do chá pela manhã, outra pelo almoço e a terceira à noite. "Depois de fervê-los pela segunda vez, você pode comê-los", orientou a mãe. "Seu tio tempera com sal e vinagre e come como salada."

Lembrou-se de que, graças à mãe, já tomara coisa muito pior. Aos catorze anos, uma viagem de férias à Praia Grande o vitimara com uma hepatite que o mantivera amarelado na cama por mais de um mês. O médico receitara comprimidos diários de Viramid e repouso completo — proibira-o até de se deslocar para o banheiro. No entanto, a mãe e uma tia, Matilde, fervorosas partidárias de remédios alternativos, tinham descoberto uma infusão de componentes desconhecidos preparada por uma cigana que trabalhava em uma tenda na Penha. E que, segundo souberam, curava de tudo — hepatite inclusa.

Lena e Matilde levavam uma dúzia de ovos para a cigana à tarde. Com essa matéria-prima, ela produzia um xarope viscoso e amarelado que, para adquirir suas propriedades curativas, segundo as instruções mágicas, devia passar a noite exposto ao sereno. Ivan ainda se lembrava perfeitamente do cheiro mefítico e do gosto nauseante do líquido que a mãe o obrigava a ingerir diariamente às cinco horas da manhã, ainda na escuridão da madrugada, quando estava sonolento demais para protestar. Ao final do mês de convalescença, mesmo proibido de fazer exercícios mais pesados por um semestre inteiro, o médico deu-o por curado. Lena, claro, atribuíra a salvação do filho muito mais à gemada da cigana que à eficácia da medicina.

Por via das dúvidas, Ivan preparou os cogumelos. Os índios amazônicos utilizavam ervas para curar-se, a maior parte dos remédios industriais era baseada em substâncias colhidas na natureza, por que deveria desconfiar deles? Levava os cogumelinhos para a agência, acondicionados numa *tupperware*. Logo os gozadores do departamento de criação passaram a chamá-lo de "Homem-Cogumelo", ou "O Pequeno Druida", mas ele não se importava. Mantinha o chá em uma garrafa plástica dentro da geladeira da cozinha, mesmo diante das reclamações ("Esse troço parece xixi", disse sua secretária, Viviane. "E como cheira mal!").

Lamentou o fim dos tempos em que os funcionários podiam ser demitidos por causas como aquela. Ao menos se acostumava ao gosto da infusão. Diariamente, amigos e colegas lhe davam sugestões de outras mandingas capazes de levantar até os mortos e muitos sugeriam alternativas que diziam muito confiáveis, como beber da água originária de Fátima, em Portugal.

De tudo o que Ivan ouviu, o que mais o interessou foi a história da acupuntura. Já ouvira falar muito das medicinas orientais, mas descobriu que havia em São Paulo um médico, formado na Escola de Medicina da Universidade de São Paulo, que se especializara na China no combate ao câncer por meio da aplicação de agulhas. Combinava os elementos principais das panacéias: o domínio de uma ciência oriental e a autoridade da medicina clássica.

— Já ouvi falar dele — disse Gisela. — Quis que minha mãe se tratasse lá, quando teve câncer no pulmão. Mas ela se recusou, achou que não valia a pena, estava já desenganada.

A vida era muito importante para não tentar tudo, pensou Ivan. Achou o contato com o médico, telefonou e marcou hora para o dia seguinte.

O consultório do doutor Marcos Roberto ficava na avenida Pacaembu, num daqueles casarões abandonados por ricos antepassados e recuperados por empresas que os utilizavam como ponto comercial. Ivan passou por agências bancárias, imobiliárias, lojas de móveis, até encontrar o sobrado de fachada tristonha, com uma escada de mármore que deixava longe seus áureos tempos. Agora era em uma passarela encardida rumo a uma porta de madeira escura, onde ele apertou a campainha.

Antes suntuosa, a sala convertera-se em recepção. No grande espaço vazio, iluminado por aquelas lâmpadas fluorescentes de repartição pública, a secretária atendia atrás de uma mesa de fórmica. Não havia por ali outros clientes, mas Ivan esperou vinte minutos em uma cadeira mofada para o atendimento. Por fim, foi chamado ao andar superior, onde o doutor Marcos Roberto o atendeu.

— Boa tarde, sente-se, por favor.

O jaleco branco mal comportava o corpanzil do médico, que tinha três camadas de papada sob o queixo, a última das quais quase cobria o nó da gravata. A boca, pequena demais para o conjunto, mexia-se vagarosamente sob um par de olhos atentos. O seu aparente desleixo contrastava com o cuidado dedicado aos cabelos, penteados para trás graças à grossa camada de gel que refletia o tom esverdeado da iluminação artificial.

A primeira reação de Ivan foi dar meia-volta. Não podia se imaginar colocando suas esperanças nas mãos daquele sujeito. Contudo, não foi embora: primeiro por constrangimento, segundo pelo benefício da dúvida. As aparências enganam, às vezes os gênios têm cara de loucos, a gente nunca sabe. Decidiu, pelo menos, ouvir. Ou, antes, falar.

Explicou-lhe seu caso. Contou da cirurgia, do retorno da doença, do tratamento de BCG. Marcos Roberto o ouviu com paciência bovina, molhando o colarinho de suor sob a papada. Quando Ivan terminou, parecia compreender não apenas os aspectos médicos da sua situação como a razão não declarada pela qual estava ali: o medo. Disse que procurava estender os benefícios da acupuntura, já amplamente reconhecidos pela medicina, para a área do combate ao câncer. Se ela funcionava em outras coisas, sobretudo no tratamento da dor ou de males mal resolvidos pela ciência convencional, estava certo de que seu efeito no nível celular, com a ajuda de filtros homeopáticos, podia conter a expansão de um tumor, reduzi-lo ou até mesmo curar por completo.

— Venha comigo.

Levou Ivan para um corredor de acesso a salas de atendimento, separadas por divisórias de compensado. Quando passaram pela escada principal, Ivan viu aliviado que agora havia mais duas pessoas na sala de espera do primeiro andar: se fosse vítima de um charlatão, ao menos não seria a única. Entrou atrás do médico numa das saletas, onde havia uma maca hospitalar, mesa auxiliar com um jogo de agulhas, algumas toalhas amontoadas sobre uma cadeira e uma prateleira com dezenas de pequenos frascos de vidro com diferentes cores e matizes.

Marcos Roberto deixou-o com uma assistente com ares de louca, que orientou Ivan a despir-se, ficando apenas de cueca. Deu-lhe uma toalha para cobrir-se e pediu que deitasse de bruços. Minutos depois, o médico retornou. Dizendo que aquilo o ajudaria a relaxar, espetou-lhe as agulhas nas costas, nas pernas e nas têmporas. Mais duas agulhas espetadas na base da coluna vertebral foram ligadas com jacarés aos fios de um aparelho emissor de choques elétricos que no primeiro impacto lembraram pequenos beliscões na pele. Em instantes, porém, tornaram-se pontadas mais agudas, capazes de incomodar.

— Estou sentindo dor aí — disse. — O que é?

— Bexiga — disse Marcos Roberto, em tom sinistro.

O médico recomendou que relaxasse, desligou a luz e saiu. Ivan ficou ali quarenta minutos, até que a dor se tornou quase insuportável. As "pimentinhas" utilizadas pelo DOI-CODI para torturar presos políticos no tempo da ditadura militar não deviam ser tão diferentes daquilo. A seqüência fazia com que cada choque tivesse o efeito de uma paulada: quando enfim Marcos Roberto voltou para desligar o aparelho, Ivan estava exausto, moído e dolorido como se tivesse levado uma surra.

— Sente-se, por favor — pediu-lhe o algoz.

Ivan se ergueu como um velhinho alquebrado.

O homem mostrou-lhe aqueles vidros e disse que a diferença do seu método para a acupuntura normal era a aplicação daqueles extratos naturais, cada um deles adequado a um tipo diferente de mal.

— Tudo vem da natureza — disse. — Dela vêm as doenças. E também os remédios. No seu caso, minha receita é tomar estas gotas três vezes ao dia, durante um mês. E, na primeira semana, este outro extrato também. Vou lhe mostrar como fazer.

Ordenou-lhe que espichasse a língua. Quando Ivan a colocou para fora, Marcos Roberto despejou com um conta-gotas um pouco do líquido de ambos os frascos, um vermelho, outro amarelo. Ivan sentiu a língua queimar, depois um gosto amargo.

— Vou lhe dar estes dois extratos e você vai repetir essa dose três vezes ao dia — disse Marcos Roberto. — Volte na próxima semana, faremos nova sessão de acupuntura.

— É isso?

— Sim.

Despediram com um aperto de mãos. Ivan saiu porta afora em depressão profunda, depois de pagar caro pela consulta e mais caro ainda pelos frascos com os extratos naturais dos quais precisaria para o tratamento fitoterápico. Ao entrar no carro, olhou para eles como faria com um par de dados diante da roleta. Recebera aplicações de BCG, tomava o chá de Piedade e agora aquilo. Mesmo assim, não conseguia acalmar-se. Ao contrário, a cada novo expediente ficava mais nervoso. Se fosse depender de Marcos Roberto e seus vidrinhos mágicos para sobreviver, estaria perdido.

Mais tarde, ao contar em casa suas impressões sobre aquela experiência para Gisela, a namorada procurou animá-lo. Falou maravilhas da acupuntura, outras tantas dos tratamentos fitoterápicos, contou-lhe casos de sucessos miraculosos da medicina natural. Tudo valia.

— Só não abandone o *pathwork* — disse. — Quando a cabeça melhora, todo o corpo começa a melhorar.

Apesar das convicções da namorada, tudo aquilo ainda lhe pareceu frágil demais para apoiar suas esperanças. Gisela lhe dizia o que queria ouvir, mas rapidamente perdia seu poder calmante. Sobretudo depois que revelou acreditar não somente no Guia, na acupuntura e em filtros mágicos como em praticamente tudo o que existe na Terra — e até fora dela.

Certa noite, depois de fazerem amor à luz de velas, na voz aveludada das confidências de travesseiro, ela contou a Ivan o que teria sido sua experiência mais transcendental. Uma vez, embarcara com uma amiga em uma excursão de ônibus a São Tomé das Letras, junto com um grupo de caçadores de óvnis.

— Objetos Voadores Não Identificados — disse ela.

Ivan ouviu em silêncio.

O grupo — doze pessoas em uma van — partira do hotel

por volta das onze horas da noite para um campo de aterrissagem de alienígenas. Estacionara nas proximidades de uma clareira onde já teria ocorrido uma série de eventos do gênero. Naquele descampado, de repente soprara um forte vento noturno. Gisela vira luzes coloridas, o ar ondulara de calor, a terra tremera quando seres incandescentes circularam, a examiná-los. Até que três integrantes do grupo foram convidados a segui-los, mediante comunicação por sinais.

Gisela não gostava de recordar o resto. Ficara em estado catártico, sem noção do tempo, até que os colegas abduzidos surgiram do limbo, meio catatônicos, sem saber explicar o que ocorrera. Os integrantes do grupo tinham retornado ao hotel defumados, cobertos de fuligem, com os pêlos do corpo chamuscados e cabelos enegrecidos.

Ela voltara a São Paulo diferente. Trabalhava com energia impressionante, a ponto de não parar sequer para comer, descansar ou dormir. Por uma semana, pintara quadros febrilmente, com cores quentes e temas recorrentes: campos de grama ondulante, olhos incandescentes na sombra e luzes coloridas por onde circulavam humanóides de feição indefinida.

O mais impressionante, porém, acontecera depois. No intervalo de um mês, os três abduzidos tinham morrido em seqüência, de maneira trágica. Um deles, andando a esmo, sem prestar atenção no trânsito, fora atropelado por um caminhão na Marginal do Tietê. Recolhido pelo Corpo de Bombeiros a trinta metros do acidente, para onde voara, o corpo não apresentava nenhum ferimento além do que lhe ceifara a vida: a espinha partida na base do crânio. Outro pulara do vigésimo andar de um edifício residencial onde visitava um amigo, sem deixar uma nota ou qualquer tipo de explicação. O último amanhecera afogado em uma praia de Ubatuba, vestido de terno e gravata, com um cravo vermelho encharcado na lapela, como se tivesse ido a um casamento no fundo do mar.

— Foi terrível — finalizou ela, olhos estalados.

Ivan esperou Gisela encerrar seu relato, sem perguntas, comentários, contestações. Sentiu-se vazio. Antes, as certezas da namorada no território em que ele pouco confiava o confortavam. Gostava da firmeza dela naquilo em que ele manifestava tibieza. Agora, era como se a âncora em que depositara sua segurança estivesse se arrastando em fundo de areia.

Telefonou para o pai. Falou-lhe de sua experiência no *pathwork*, do chá de Piedade, do acupunturista fitoterápico. E, por fim, da sua dependência de uma mulher que tivera contatos imediatos de terceiro grau.

— Você não pode ficar assim — disse o pai, sinceramente condoído com a situação do filho, na qual enxergava a mais completa aflição.

Nesse instante, Ivan teve a tentação de falar ao pai sobre o Príncipe de Lata, mas achou que seria demais. Precisava tanto de fé que caíra na credulidade, e da credulidade podia estar caindo na loucura. Andava acreditando em muita coisa, ou fazendo muita coisa em que não acreditava, quando queria crer em uma só: seria curado. Para um assunto tão importante, tinha de haver uma fé verdadeira, capaz de vencer aquela sensação de impotência até o dia do seu novo exame, quando saberia como realmente se encontrava sua saúde. E precisaria dela ainda mais depois do exame, sobretudo se o resultado lhe fosse desfavorável.

Talvez o pai precisasse tanto quanto ele de um remédio definitivo contra o medo. Afinal, não tinha sido dele a idéia de ir à Compostela? O que mais seria aquela viagem, como todas as viagens místicas, a não ser a busca de algo além do que os olhos conseguem enxergar?

* * *

A coluna de poeira cresceu, até que surgiu na estrada um caminhão verde-oliva a toda velocidade. Ivan e Marcial gritaram, acenaram e pularam como loucos. Quase não acreditaram quando o bólido se aproximou, freou e parou bem diante deles. Um boliviano em uniforme militar tirou a cabeça para fora da janela, moveu o quepe para o lado e disse:

— Vamos para a fronteira. Se quiserem chegar lá, embarquem.

Não foi preciso segunda ordem. Ivan e Marcial correram para a traseira do caminhão e saltaram para a caçamba, semi-encoberta por uma lona verde. Para sua surpresa, havia ali uma dezena de pessoas, amontoadas com trouxas e bagagens, cabeceando com o jogo duro do caminhão assim que ele arrancou.

Ninguém conversava. Diante de Ivan, havia uma índia quíchua, cujas mãos avermelhadas tinham as unhas sujas e as palmas gretadas de camponesa. As madeixas trançadas pendiam sobre o tecido estampado, fazendo uma curva suave sobre o vestido e um xale vermelho. Ivan admirou seu rosto de feições severas, espantado em achar bela uma índia de nariz quebrado, jogada na caçamba de um caminhão, suja do pó do deserto. Não se atreveu a lhe dirigir a palavra: receava parecer tolo somente por querer se aproximar. Ela mantinha aquele olhar distante de infinita espera, típica de uma gente que parecia já vir ao mundo aguardando estoicamente o seu final.

Depois de quarenta minutos de viagem, o altiplano terminou na serra circular com picos de neves eternas que circunda o lago Titicaca, quase um mar no alto das montanhas, com suas águas cristalinas oriundas do degelo. A luz caía rápido. O sol, já muito baixo, lançava uma pintura cor-de-rosa sobre os picos nevados; as águas do lago passavam de azul-celeste a um cinza-chumbo, tocando plácidas as margens povoadas de juncos.

O caminhão se aproximou de um barranco onde atracava uma chata, nada mais que uma plataforma de ferro com a cabine onde o piloto trabalhava. Por algum tempo, os soldados que conduziam o veículo aguardaram o sinal de embarcar. Dois marinheiros retiraram tábuas compridas da chata para servir como trilhos; Ivan sobressaltou-se quando a embarcação adernou no momento em que as pesadas rodas do caminhão militar passaram daquela ponte precária para a plataforma flutuante. O frio se tornava intenso, as águas escureciam ainda mais. Os picos nevados que adornavam o lago agora eram uma muralha negra no horizonte.

Durante a travessia, Ivan e Marcial saltaram do caminhão. Estranhavam estar cruzando o lago. A rodovia Panamericana contornava o Titicaca por baixo, na altura de Guaqui, cruzava a fronteira e subia pela margem oposta, já do lado peruano. Continuava contornando o Titicaca até se desprender da sua margem e subir rumo a Puno e, depois, Cuzco. Marcial inquiriu o motorista, um cabo do exército da Bolívia, para desvendar aquele mistério. O boliviano fez grandes esforços para entender suas perguntas; enfim, pareceu compreender a história, com uma risada. Explicou que eles não tinham sido recolhidos na Carretera Panamericana, como imaginavam, e sim de uma estrada que saía do mesmo ponto em La Paz, rumo ao norte. Em vez de chegarem ao sul do lago, eles o alcançaram mais acima, pelo flanco direito — na altura da península de Copacabana, por onde passa a linha imaginária que corta o lago ao meio, separando a Bolívia do Peru.

— Espertalhão — murmurou Marcial, pensando no taxista que por puro pavor os deixara no deserto. — Não é à toa que não encontramos o asfalto, bloqueios de grevistas ou aldeias. Estávamos na estrada errada.

— Decerto nosso amigo Lorenzo pensou que poderia passar por um caminho com menos risco de encontrar os camponeses — concordou Ivan. — Nem assim teve coragem de ir até o final.

— Vocês tiveram sorte — disse o militar. — Se não os tivéssemos recolhido na estrada, passariam a noite no descampado. Pouca gente sobrevive sem abrigo no frio noturno do altiplano.

O militar acrescentou que eles poderiam encontrar um hotel ou albergue em Copacabana, para onde ia o caminhão, já na fronteira com o Peru. Dali havia condução para Yunguyo, no lado peruano do Titicaca, de onde alcançariam Puno pela Panamericana, ou de trem. Marcial agradeceu toda a ajuda. Apesar do risco corrido, eles afinal estavam às portas do Peru.

Aproximaram-se da borda da embarcação para ver melhor o cenário. A 3.800 metros de altitude, o lago tinha quase duzentos quilômetros de extensão e oitenta de largura no seu ponto máximo. Segundo a crença inca, no Titicaca nascera Viracocha, Aquele-que-veio-das-águas, ou Aquele-que-não-tem-fim, o deus fundador em sua mitologia. Era mesmo como se de suas águas hipnóticas pudessem sair deuses, seres estranhos e entes abissais.

Ivan lembrou-se do Príncipe de Lata. Mais que um herdeiro dos reis incas, carregando sua majestade natural, ele bem podia ser um descendente direto de Viracocha, ou a própria reencarnação do deus. Ao pensar nisso, um calafrio juntou-se ao vento cortante, tirando-o do seu estado de contemplação. Imitando o pai, abotoou o casaco de lhama comprado em La Paz. Examinou Marcial com aquele traje bárbaro. Eles já não eram tão diferentes de seus companheiros da estrada.

A travessia foi rápida. Logo a chata encontrou a península

de Copacabana, localizada no ponto em que o Titicaca é mais estreito. Eles saltaram de volta para a caçamba do caminhão, cujo motor já roncava, enquanto a chata se preparava para encostar. O atracadouro era num píer montado sobre a água em pilares de madeira, ao lado de um casarão de tábuas onde funcionava um bar. Ali, um grupo de bolivianos forçava um índio a correr de um lado para outro, segurando-o pelos braços. Entontecido pela aguardente, caíra nas águas geladas do lago. Tentavam em desespero fazê-lo se mexer para não morrer congelado.

— Vamos! — gritavam, procurando despertá-lo aos gritos, enquanto ele se arrastava, trôpego, procurando acompanhá-los.

Assim que a chata embicou no píer, o caminhão partiu com um arranco e ganhou a estrada em aclive para Copacabana. Enquanto o veículo deixava o atracadouro para trás, Ivan viu as luzes do bar se acenderem e uma lanterna solitária iluminar a plataforma, onde um grupo assistia aos esforços do bêbado para sobreviver ao frio. Os bolivianos que corriam com o índio ébrio de um lado para outro agora o estapeavam, para acordá-lo quando ameaçava desabar.

A estrada ganhou altura. Por fim, eles chegaram ao alto da montanha, onde se encontrava um povoado. O veículo estacou com um guincho e o motorista desceu, gritando:

— Copacabana! Fim da linha!

Ivan e Marcial saltaram. Copacabana não estava nos planos, mas eles exultavam em conhecê-la. Saíram a explorar o povoado, apenas para descobrir que ele pouco passava do que havia ao redor de uma praça retangular. A igreja célebre estava fechada. Pintada de azul-celeste, com pequenas lâmpadas pisca-pisca a marcar sua silhueta, feito uma árvore de Natal, ela resumia o interesse pelo lugar, objeto de uma sincrética veneração de católicos e descendentes da civilização pré-colombiana. As casas da praça eram pensões para os romeiros. Ivan e Marcial entraram na de aspecto mais aceitável.

O deserto os aniquilara. Os pés de Ivan, cheios de bolhas, doíam a cada passo: mal chegou ao segundo andar. O quarto era mobiliado com duas camas franciscanas que lhe pareceram de alto luxo; uma janela com cortina de renda dava vista para a praça iluminada. Ivan olhou no pequeno espelho pendurado na parede. A boca e a pele do rosto estavam gretadas pelo frio, o sol e o vento seco do altiplano. Os sulcos mais profundos dos lábios sangravam quando ele os tocava. Com a ponta do canivete, estourou as bolhas dos pés, retirando o líquido que tornava a pressão mais dolorosa. Depois, cuidou da indumentária. Pela primeira vez desde que tinham saído de São Paulo, tirou da mochila a outra calça de sarja que trouxera, bastante amassada, porém mais grossa e limpa.

Marcial utilizou a banheira para lavar algumas roupas de baixo, esfregando-as com energia. Deixou-as secando na janela, mesmo com o frio. Ivan também lavou suas roupas e, depois de um banho reparador, eles saíram para comer. Pai e filho estavam tão famintos que já lembravam com saudade do queijo terroso devorado na caminhada. Depois de dar uma volta pela praça, escolheram um pequeno restaurante na entrada da cidade, com mesas de madeira e um balcão de padaria com refrigerador. O dono explicou-lhes que não seria difícil encontrar no dia seguinte um táxi que os levasse a Puno, por um preço razoável.

— De lá, vocês poderão tomar o trem até Cuzco — disse ele. — É uma viagem de algumas horas, bastante confortável.

Ivan e Marcial agradeceram, comeram e retornaram ao hotel. Para eles, Copacabana parecia mesmo uma cidade miraculosa. Só de pensar que àquela hora poderiam estar perdidos no deserto, com o vento, o frio, a fome e o cansaço a fustigá-los até a morte, sentiam calafrios. Com sua igreja bucolicamente plantada no centro da praça, aquela pequena vila era um oásis. De tão encantados, mal perceberam quando, pouco antes de entrar no hotel, uma figura se moveu das sombras, pouco à frente deles.

— Veja!

No primeiro instante, Marcial não entendeu o que Ivan apontava. Uma dúzia de pessoas se movimentava naquela área da praça: o vulto rapidamente dobrou a esquina, desaparecendo de vista. Ivan, contudo, acreditava ter visto um quíchua de elevada estatura, capacete de conquistador espanhol, metido em farrapos.

— O Príncipe de Lata!

— Não é possível — disse Marcial. — Ele não poderia ter vindo até aqui, a não ser no mesmo caminhão que nós.

— Era ele — insistiu Ivan. — Eu vi.

— Não é possível — repetiu Marcial.

Em vez de discutir com o pai, Ivan correu em direção à rua por onde o Príncipe de Lata entrara, mas não foi além de uma centena de metros. A ruela dava num terreno baldio, envolto na escuridão. E ele não podia prosseguir, cansado e com os pés doloridos.

Voltou frustrado e mancando à companhia de Marcial.

— Desapareceu — disse.

— Talvez o Príncipe de Lata esteja mesmo aqui — disse Marcial. — No entanto, nada é tão estranho que me impeça de ir para a cama.

Entraram no hotel e deitaram com as roupas do corpo mesmo; havia bastante tempo tinham perdido o hábito de trocar-se. Marcial apagou a luz e dormiu imediatamente, lançando às paredes o ronco trovejante que musicava o seu sono. Ivan, no entanto, não pregou os olhos, assombrado com a visão do Príncipe de Lata. Assim eram os milagres, ou os mistérios, como diziam ser a especialidade daquele lugar. Certamente havia em Copacabana algo além da sua capacidade de compreensão, que o manteve acordado por longo tempo, até que nem mesmo o espanto superou a exaustão.

3

APESAR DA INFLAMAÇÃO nas vias urinárias decorrente da cirurgia, o resultado do exame de RTU de Ivan teve, pelo menos aos seus olhos, algo de miraculoso.

— Sua bexiga está limpinha — anunciou Roger ao entrar no quarto do hospital. Ivan ainda estava meio grogue da anestesia geral e se lembraria daquelas palavras mais tarde como se viessem de um sonho. — Vamos aguardar o exame anatomopatológico, mas acho que está tudo certo.

Quando se convenceu de que se tratava da realidade, Ivan dividiu-se entre o alívio e a euforia. De repente, tudo o que fizera parecia ter valido a pena: o *pathwork*, a acupuntura fitoterápica, o chazinho da Piedade. Agradeceu à sorte e fez algo que antes sequer admitiria: rezou. Lembrou-se do seu tempo de criança. Ajoelhada ao lado da cama, todas as noites, Lena o fazia repetir frase por frase o Padre-Nosso, depois a Ave-Maria, antes de apagar a luz do abajur da cabeceira, como se o entregasse a Deus.

Assim é que ele se sentia naquela hora: entregue a Deus. E Deus, ou a força divina que associava à mãe quando lhe pedia proteção superior, respondera com bondade. Erguia a espada mantida sobre sua cabeça.

Uma semana depois, no consultório médico, o laudo do exame citológico confirmou o que a experiência de Roger indicara: nada havia de anormal nas amostras de tecido provenientes da bexiga de Ivan. As células mutantes tinham desaparecido. Caso ele não tivesse nenhum problema no exame seguinte, dali a três meses a RTU passaria a ser semestral.

Transmitiu a notícia ao pai. Ivan habilitava-se a fazer a viagem tão esperada a Compostela. Sem preocupações imediatas, queria entrar em forma para se tornar um andarilho: podia já ver o caminho célebre, a cidade sagrada, a igreja onde estavam os ossos de são Tiago. Perguntava a si mesmo se lá haveria alguma sala de ex-votos. Transformaria a jornada em uma peregrinação de agradecimento.

— Quando podemos ir? — perguntou, entusiasmado.

— Daqui a dois meses — disse o pai. — Será outono na Europa, não chove tanto e não faz muito frio nem calor. Prepare-se.

Ivan voltou à rotina, mas passou a desfrutar mais do seu bem-estar. A experiência do câncer o modificara. Não estar melhor nem pior do que ninguém já era um privilégio. Dava valor ao simples fato de não precisar ir ao banheiro a todo instante, ou não ter dor ao urinar. Operações do dia-a-dia, antes despercebidas, como o mero ato de respirar, ganhavam nova magnitude.

Olhava com compaixão os doentes crônicos, os inválidos, os desenganados, os loucos. Passou a prestar atenção àqueles que conviviam com o espectro do câncer, da paraplegia e outros problemas mais graves que o seu. Confortava-o saber que muitas pessoas enfrentavam suas dificuldades sem considerá-las um estigma. E desfrutavam a vida, talvez com ainda mais energia e alegria que antes. Como Dante, tivera sorte de estar no inferno e voltar. A saúde plena é uma bênção impagável a que se dá o devido valor somente quando a perdemos.

Irradiava uma felicidade diferente, serena, conhecedora do nirvana e da tragédia, para onde ele sabia que se pode facilmente voltar. Tinha vontade de ajudar os pobres, os desvalidos, os doentes de toda espécie. De uma hora para outra, estava possuído pelo espírito de todos os santos.

— Quem sabe agora o senhor toma jeito — disse Arlinda, devolvendo seus pés ao chão. — Já seria muito bom.

Para sua surpresa, entre todos os que comemoraram sua recuperação, Gisela foi quem menos se manifestou. Andava aborrecida com ele. Explicou que gostaria de ir com Ivan a Compostela, tinha vontade de conhecer a cidade sagrada, fazer a peregrinação a seu lado. Ivan alegava que se tratava de um projeto dele e do pai, concebido antes mesmo de tê-la conhecido. Além disso, Gisela precisava considerar que na peregrinação a Compostela não haveria hotéis de luxo, camas de casal, restaurantes estrelados. Não era exatamente uma viagem romântica.

Mesmo assim, ela não se conformou.

— Depois de tudo o que fiz por você, não é possível que queira me deixar para trás.

Gisela podia até ter razão, mas Ivan não gostou da queixa. A simples cobrança destruía um pouco da generosidade antes espontânea e aparentemente desobrigada com a qual ela o envolvera até então. Além disso, ela se mostrava incompreensiva, já que a viagem não era apenas sua, mas de seu pai. Por fim, havia o fato de que ele também fazia muito por ela. Graças a Ivan, Gisela passara a ter uma família que a acolhera de braços abertos. Ele também a apoiava de muitas formas. Nos últimos tempos praticamente a sustentava, depois de descobrir, da pior maneira, que aquele negócio de vender quadros não rendia tanto assim.

Certo dia, surgira à porta de casa um oficial de justiça, com uma notificação de cobrança de dívidas bancárias. Gisela explicara a Ivan que sua última exposição não rendera muito. Não tinha sido difícil deduzir que ela sofria para colocar suas obras nas galerias, embora em seu discurso sempre procurasse mostrar o contrário, com seu otimismo capaz de convencer o mais cético dos interlocutores.

Ivan não gostara nada de confrontar-se com a realidade implacável das finanças de Gisela, mas se dispôs a quitar suas dívidas. Mesmo considerando Gisela ainda uma simples namorada, o fato é que eles moravam juntos e Ivan sentia-se no dever de ajudá-la. Tirando-a da encrenca judicial e financeira, dava-lhe tranqüilidade para recomeçar. No entanto, algo o incomodava. Muita gente às vezes entra em dificuldades financeiras e precisa de ajuda. O problema era outro: Ivan estranhava que Gisela jamais lhe tivesse dito algo sobre suas dificuldades. Para piorar as coisas, em vez de agradecer a iniciativa de pagar-lhe as contas, Gisela o admoestou.

— Não pense que vim morar aqui por causa disso — disse. — Lembre-se de que foi você quem me convidou.

Ela acreditava nada dever aos bancos, a quem acusava de cobrar juros extorsivos. Era como se os bancos é que lhe devessem alguma coisa, assim como Ivan tinha obrigação de levá-la a Compostela. O irrealismo da namorada de repente passou a preocupá-lo mais seriamente. Além de acreditar em óvnis e no Guia do *pathwork*, Gisela passou a dizer que não se preocupava com cobradores porque tinha poderes mágicos, entre os quais o da levitação, que a faria sumir diante deles. No início, Ivan pensara tratar-se de uma brincadeira. Porém, diante da firmeza com que ela sustentou aquele seu atributo, cedeu às evidências de que ela o levava muito a sério.

Agora que o risco mais iminente do câncer se afastava, Ivan recuperava o equilíbrio na mesma medida em que o discurso de Gisela tendia ao absurdo. Telefonou ao pai para aconselhar-se.

— O que o senhor acha? — perguntou.

— No início, imaginei que ela fosse uma pessoa espiritualizada — disse Marcial. — Mas agora já não sei. Tudo que ela fala me parece ciência de almanaque. Se você começar a acreditar nela, logo estará acreditando não só em discos voadores como em universos paralelos, almas penadas, bruxarias e Papai Noel.

Ao que já era ruim, em breve somou-se algo ainda pior. Certo dia, trabalhando no escritório de casa, Ivan deu com a falta de um objeto que costumava ficar em suas estantes de livros: um velho cinzeiro de jade, que seu pai lhe trouxera anos antes de uma viagem à Guatemala. Gisela não estava em casa: saíra para sua sessão de *pathwork*.

Ele pensou primeiro em consultar Arlinda.

— Foi você quem tirou o cinzeiro daqui na limpeza?

— Não, senhor — disse ela.

Pelo seu rosto contrito, ele viu que a empregada escondia algo.

— Tem certeza? — perguntou. — Não me importa que você tenha quebrado o cinzeiro na limpeza. Não descontarei nada do seu salário. Apenas quero saber o que aconteceu. Só não quero que me engane.

— Eu não o quebrei — disse ela, firme, mas angustiada.

Ele passou ao suspeito seguinte: o cachorro. Mug tinha crescido bastante, transformara-se em um bicho forte e peludo, ativo e malandro o suficiente para apanhar o objeto de uma estante mais baixa. Ivan esbravejou com o animal, deitado a um canto. Mug apenas o olhou com o ar atônito que os caninos sabem dar diante da estupidez do ser humano. Ivan decidiu esquadrinhar a casa em busca do objeto perdido.

— É inútil, doutor Ivan — disse Arlinda.

A empregada parecia vencida.

— O que quer dizer?

— Foi a dona Gisela — disse a empregada.
— Foi Gisela, o quê?
— Eu a vi colocando o cinzeiro na bolsa antes de sair de casa.

Ivan olhou bem para aquela sertaneja de olhos duros, que por trás da frieza escondia, agora ele sabia, uma torcida sincera pela sua felicidade. Mesmo oriunda do rincão mais humilde, onde não se encontra pão dentro de casa, Arlinda jamais roubara algo. Parecia mais desapontada com Gisela do que ele. Adorava a patroa, mas flagrá-la em um delito como aquele foi como ver um anjo desmanchar-se na sua frente.

— Tem certeza?

Arlinda deu detalhes: três dias antes, quando Ivan estava no trabalho, Gisela recebeu um telefonema. Saiu do ateliê alvoroçada. Apanhou o cinzeiro, não disse aonde ia nem quando voltava. Não era o primeiro objeto de Ivan que desaparecera. Suas abotoaduras de ouro tinham sumido. Seu relógio Cartier também. Ele podia verificar.

O pior, para Ivan, é que nada daquilo o espantava. Confrontada, Gisela talvez jogasse a culpa na empregada. Mesmo que a namorada viesse a negar o roubo, entre a palavra dela e a de Arlinda, Ivan estava certo de que ficaria com a da segunda. A crise de confiança em Gisela descambava do terreno espiritual para a jurisdição das delegacias.

Esperou por ela, impaciente. Era quase meia-noite quando ouviu o portão da garagem. Abriu a porta e recebeu o beijo de Gisela, que entrou cansada, mas sorridente.

Desceram a escada até a sala, ela jogou a bolsa sobre o sofá.
— Precisamos conversar — disse Ivan.
— Tenho fome. Podemos falar enquanto como algo?
— Claro.

Sentado à mesa do jardim, diante da piscina, ele esperou que ela voltasse. Gisela apareceu com um sanduíche de pernil e sentou ao seu lado.

— Eu ainda estou disposta — disse ela.
— Do que você está falando?
— Da viagem para Compostela — disse ela. — Se você mudou de idéia e quer a minha companhia, estou disposta a ir.

Reforçou suas credenciais: tinha pernas treinadas para longas distâncias e prometia fazer ao seu lado uma viagem mais picante do que a franciscana caminhada ao lado de Marcial. Ivan ficou furioso. Oferecer-se para substituir o pai, numa viagem para a qual não tinha sido convidada, e ainda mais num momento em que ele estava tão chateado com ela, era pior que roubar: ela não se importava também em atropelar seus sentimentos.

— Eu quero falar a respeito de um cinzeiro de jade — disse ele. — E de um relógio Cartier. E das minhas abotoaduras de ouro.

Gisela terminou a mastigação com o vagar dos criminosos mais frios.

— Imagino que Arlinda tenha lhe contado — disse ela. — Não é bem o que parece. Tive problemas.
— Você poderia tê-los contado a mim.
— O cinzeiro era decorativo e as bijuterias você nunca usava — disse ela.
— Não eram bijuterias. E, mesmo que fossem, eram minhas.
— Eu precisava de dinheiro.
— Não precisava roubar.

Ela engoliu o último naco de pernil. Os olhos estavam acesos e os pêlos eriçados como os de uma gata que se defende contra o muro.

— Eu venho sendo roubada desde criança — disse ela. — Meu pai deu tudo o que tinha à filha da minha madrasta, que me fazia quase de empregada. Minha mãe morreu e da sua herança já não tenho nada. Tudo o que conquistei foi sozinha, mesmo tendo sido espoliada a vida inteira. Você vive uma vida de luxo, o que sabe sobre isso? Que diferença fará um cinzeiro de jade para quem tem muito mais que o necessário?

— Financeiramente, pouca — disse ele. — Para o nosso relacionamento, muita. Faz com que eu perca o que me resta de confiança em você.

Gisela, agora, também estava furiosa. Levantou-se, encarando-o com o peito curvado para a frente.

— É uma grande falta de cavalheirismo da sua parte me negar um pouco do que você tem — disse, cuspindo as palavras. — Eu saí da minha casa para morar com você, ajudei-o quando precisava de apoio, fiz tudo o que pude. E você vem me falar de um cinzeiro de pedra?

— Ele parecia mais valioso quando você o levou — disse Ivan. — Se tivesse me pedido, talvez eu tivesse lhe dado o dinheiro. Talvez eu tivesse lhe dado até mais do você precisava.

— Então não me venha com essas mesquinharias!

Levantou-se de repente e saiu crispada, deixando-o sozinho.

Ivan ficou paralisado com o desfecho da conversa. A reação de Gisela confirmara quanto, na verdade, estava sozinho. Sempre estivera.

Pensou em ir para a cama, mas faltou-lhe vontade. Entendia agora por que nos filmes muitas vezes os maridos dormiam no sofá. Entreabriu a porta de vidro da sala para entrar o ar fresco. Com ar sonolento, as bochechas caídas e olhar perdido, apareceu Mug. Em vez de enxotar o cachorro, Ivan o deixou deitar-se no tapete ao pé do sofá. Acariciou sua cabeça e Mug lambeu-lhe a mão.

Não, pensou ele, ainda não estou completamente só.

CAMPO DE ESTRELAS *145*

* * *

Ivan e Marcial partiram de Copacabana para Puno, depois de passar pela alfândega, uma casinhola à beira do asfalto onde eles foram logo liberados com um carimbo, assim que se apresentaram como turistas brasileiros. Tomaram novo táxi em Yunguio, mantendo um olho na estrada, outro no Príncipe de Lata. Ivan esperava encontrá-lo a qualquer momento; ou melhor, tinha a esperança de verificar se estava realmente lá. Queria saber quem era, o que fazia, como chegara à fronteira. Estaria satisfeito de confirmar sua simples existência, que já lhe parecia sobrenatural. Contudo, não achou mais sinal da misteriosa figura, alvo de múltiplas conjecturas.

Para Marcial, o mais estranho tinha sido a obediência quase reverencial com que o Príncipe de Lata tinha sido atendido pelo dono do bar em La Paz. Com uma pitada de ironia, teorizava que ele podia ser o herdeiro da realeza inca, um nobre deserdado pela História que vagava no presente, personagem anacrônico, mas reconhecido pelos descendentes plebeus do império desaparecido. Os índios que aravam a terra, acampavam nas cidades, habitavam casas de pedra no deserto, ainda o viam como seus súditos, mesmo que ele não tivesse importância política real. O certo é que nos Andes o tempo parara. A vida era como no período anterior à colonização espanhola; aquela gente permanecia a mesma na cor da pele, no modo de vida e comportamento através dos séculos. Bem podia adorar uma linhagem advinda de seu rei destronado.

Para ser diferente, Ivan defendia uma teoria ainda mais imaginativa. Aventava a possibilidade de que o mendigo fosse o remanescente de uma estirpe de guerreiros incas, cuja função seria guardar o tesouro secreto de Manco Cápac, escondido em um rincão perdido para escapar às mãos sequiosas dos conquistadores espanhóis. Durante gerações, essa raça de guerreiros se perpetuara, como uma seita secreta, incumbida de preservar o tesouro do último rei inca. Por isso, seus guardiões vigiavam todos os estrangeiros que entravam em seu antigo território.

— Isso explicaria por que ele está nos seguindo — disse Ivan. — Talvez suspeite que somos exploradores em busca do ouro de Manco Cápac.

— E o homem do bar? — perguntou Marcial. — Como saberia da importância desse homem, se ele pertence a uma sociedade secreta?

— Ora — prosseguiu Ivan, entusiasmado com a própria imaginação —, na verdade os bolivianos e peruanos descendentes dos incas sustentam essa sociedade secreta, justamente para manter oculto o tesouro. Mais: imaginam que no futuro poderão financiar com ele o restabelecimento de um império pan-americano.

Riram das hipóteses, sem acreditar nem desdenhar delas. Naquele mundo surrealista, nada parecia impossível.

A discussão acalorada sobre a verdadeira natureza do Príncipe de Lata os distraiu ao longo do caminho para Puno, margeando o Titicaca. Aos poucos, a aparição do mendigo foi esquecida para que admirassem o lago, azul sob a luz da manhã, com sua moldura de montanhas nevadas. Ao longe, Ivan podia ver pescadores jogando a rede de suas totoras, canoas feitas com o tipo de junco da região que lhes dá o nome, indiferentes à beleza do lago beirando o céu, com seus mortos onipresentes e seus vivos inexplicáveis.

Pouco depois do meio-dia chegaram a Puno, balneário às margens do lago. Na praça defronte à estação do trem, pela primeira vez Ivan e Marcial se deram conta de que estavam em outro país. Diante da ferrovia, avistaram um tanque de guerra, sinal de que os peruanos estavam dispostos a tudo para enfrentar quem desejasse interferir no bom funcionamento do transporte público nacional. Ao lado das bilheterias e na plataforma, soldados armados com fuzis davam a impressão de que por ali rondava o perigo. Ivan se lembrou do que lhe dissera Pedro, o estudante peruano, a respeito do Sendero Luminoso, a sanguinária facção ultracomunista que agia nas regiões mais remotas do país. Dizia que aos poucos eles saíam da floresta tropical, onde faziam seu refúgio, e se aproximavam da região de Puno, matando, pilhando e instaurando o terror por onde passavam. "Não poupam nem os turistas", afirmara Pedro, semblante fechado. "São cruéis e amedrontam a população."

Com certo receio de entrar mais fundo numa zona de guerra, Ivan e Marcial compraram seus bilhetes. Como o trem ainda demorasse a partir, caminharam até a praça central da cidade, onde uma feira terminava no cais levantado sobre as águas do Titicaca. Ivan pensou que lugar tão belo não devia ser conspurcado pela cizânia. A sensação de paz olímpica transmitida pelos pescadores chegando em suas totoras contradizia o clima de guerra que ameaçava aquela serenidade milenar.

O sol esquentava, fazendo com que eles amarrassem de volta os casacos de lhama às mochilas. Daquela vez tratariam de comer bem, para não serem apanhados pela fome no caminho. Entraram num bar, onde o cardápio certamente não se destinava a turistas. Na mesa coberta por um plástico amarelo, pediram a especialidade local: *ceviche*. Mergulhado numa poça de limão, o peixe-rei, pescado somente no Titicaca, era cozido pelo ácido ascórbico. Para completar a receita, que para ser genuína tinha de ser provada ali mesmo, com o peixe fresco do lago, o cozinheiro acrescentava doses cavalares de cebola e uma pimenta demoníaca. Ivan teve a sensação de que engolia um coquetel Molotov. Ao colocar aquilo na boca, primeiro cuspiu fogo. Quando se recompôs, porém, era como se estivesse investido da tenacidade daqueles homens habituados a viver no topo do mundo. Não sabia como seria o manjar dos deuses, servido no Olimpo. O *ceviche* de Puno, certamente, era a refeição dos valentes.

— Entrará para a minha lista das grandes delícias — disse ao pai. — Especialmente se sobrevivermos aos seus efeitos.

O trem de Puno, uma longa composição puxada por uma máquina fumarenta, partiu por volta das duas da tarde. Eles se despediram da região do Titicaca com pesar. Em Puno, Ivan e Marcial tinham cumprido apenas um terço da distância entre La Paz e Cuzco. Com aquela condução, porém, o maior pedaço seria o mais rápido; com o trem e a excitação por estarem tão próximos do seu objetivo, o tempo voava. Lá fora, o altiplano deu lugar a uma região montanhosa. Sentado em um banco do primeiro vagão, Ivan deixou-se embalar pelo vaivém das curvas entre montanhas e dormiu profundamente.

Sonhou que passava por um grande arco de pedra, entrando num halo de luz. Lá dentro, encontrava o Príncipe de Lata nos seus trajes esfarrapados: com a mão estendida, ele o chamava. Ivan esticou os dedos, para tocá-lo, receando ser atraído para alguma armadilha. Quando finalmente deu a mão ao Príncipe de Lata, porém, ele desapareceu por encanto.

Despertou sobressaltado. Lá fora, a noite caíra. Eles desciam uma grande montanha e os freios do trem rilhavam. Marcial olhava as luzes no vale adiante.

— Estamos chegando.

Em poucos minutos, o trem parou na estação de Cuzco. Eles atravessaram a multidão que esperava para receber os passageiros; na rua, tomaram um táxi.

— Precisamos de um lugar para passar a noite — pediu Marcial. — Limpo, por favor.

— Está bem — disse o motorista.

Passaram pelas casas de subúrbio, escuras àquela hora; em poucos minutos estavam no centro da cidade. A arquitetura de Cuzco lembrava a de Santa Cruz de la Sierra, com seus pórticos sobre a calçada; porém, havia ali algo diferente que Ivan não conseguia identificar. O táxi estacionou em uma esquina do calçadão que levava à Plaza de Armas.

— Existem alguns hotéis e pensões por aqui — disse o taxista.

A Plaza de Armas de Cuzco era um retângulo calçado de pedra cuja aridez se quebrava com canteiros ajardinados e uma fonte. Ao seu redor, havia construções geminadas de dois andares, com o pórtico de colunas romanas a sustentar o segundo piso. Dominava o cenário a catedral de duas torres, com botões de ferro nas portas que lhe davam uma aparência de fortaleza. Por sobre o casario, sob a fraca iluminação da lua crescente, eles avistaram a silhueta das montanhas circundantes.

Já era tarde, mas a praça ainda funcionava como uma feira livre. Crianças brincavam entre os jardins, cidadãos sentavam-se nos bancos ou formavam círculos para admirar o trabalho dos mágicos, dos músicos que tocavam flautas de bambu, dos caricaturistas que se ofereciam para fazer retratos dos passantes. De um bar, que cuspia uma luz azulada pelas janelas do andar superior, vinha o som de uma banda de música andina. No térreo do estabelecimento, sob os arcobotantes do pórtico, pai e filho mataram a fome e sede com sanduíches de queijo e cerveja sobre uma mesa de plástico.

A praça ganhava vida com os quíchuas de capuz multicor e coletes de lã tingida, ali em maior proporção que os aymara, predominantes na Bolívia. Após o jantar, pai e filho andaram entre os panos estendidos no chão pelos vendilhões, que ofereciam gorros de lã, capotes de lhama e cópias de utensílios do antigo império inca. Ivan comprou uma peça de bronze, no formato de uma estrela-do-mar, com um furo no meio, imaginando que daria um belo peso de papel. O vendedor informou que aquilo era uma cópia do que no passado tinha sido para os incas uma arma de ataque. Colocada no dedo médio como um anel, lembrava um soco inglês, arma tão bárbara e rudimentar quanto insuficiente, considerando que os conquistadores espanhóis tinham invadido a região com o arcabuz.

Cansados da viagem, por sorte eles não tiveram muito trabalho de escolher acomodação. Numa travessa da Plaza de Armas encontraram uma pensão decente, a um preço honesto. Depois de receber a chave, subiram por uma escada de madeira até o terceiro andar, quarto 31. Lá dentro havia uma cadeira, uma penteadeira e duas camas de solteiro, com lençóis limpos como Ivan não encontrava havia bastante tempo. O conforto os fez dormir logo, assim como a ansiedade. Queriam levantar cedo. Machu Picchu estava perto, muito perto, afinal.

Com o sol, Cuzco parecia outra. Seu casario antigo resplandecia sob a luz. Havia na cidade uma curiosa geometria: ruas quebradas, esquinas súbitas, becos sem saída. Em sua caminhada, eles cruzavam com muros que terminavam de maneira desconcertante, no meio da calçada. Entraram em um fliperama na Plaza de Armas com um salão feito de pedra, engastada em encaixes perfeitos, sem sinal de argamassa.

Rumaram para a igreja de são Domingos, onde viram a construção cristã erguida sobre as paredes do templo do sol. Símbolo máximo da crença pagã, que legitimava o monarca inca, o templo sobrevivera aos desastres naturais e à aniquilação da memória. Na nave central da igreja se podia ainda ver lavradas no chão granítico as canaletas por onde corriam as águas que banhavam o antigo templo pagão. Saindo da nave central, eles entraram na Sala das Três Janelas, ajustadas com tamanha perfeição que em linha pareciam uma janela única. Notaram as marcas profundas no granito de onde tinha sido arrancado o assento de ouro maciço do rei-sol pelas mãos rapinantes dos exploradores. Andaram pelos jardins sagrados do templo, riscados por aquedutos escavados na pedra, pelos quais um dia se irrigavam as flores do rei-sol. Ainda serviam de leito às águas cristalinas da chuva e do degelo das montanhas circundantes.

Na década de 1960, um grande terremoto destruíra a igreja: restara somente a construção inca de pedra. A igreja cristã fora refeita sobre a base mais sólida, passado que teimava em não desaparecer. Ao contrário, lembrava que a cristandade se estendera naquelas plagas pela via da conquista, do sangue, do saque, sem sufocar por completo a civilização de cuja riqueza se apropriara.

Como um cego que de repente vê, só então Ivan entendeu o mistério: a cidade inteira dos colonizadores espanhóis tinha sido construída sobre os muros de pedra da cidade inca. Em toda Cuzco, uma civilização procurava encobrir a outra. Quando saíram de São Domingos, sua noção do mundo inca e do tempo se modificara. Toda a cidade de Cuzco se transmutara. Desde que incas com vestes rituais tinham andado pelo templo do sol, quatro séculos haviam passado. O império inca virara pó, aquele território já pertencera à Espanha, depois fora picado em várias nações independentes. A civilização predadora erguera suas paredes sobre as fundações deixadas pelos derrotados, mas eles sobreviviam não somente nos alicerces da cidade como ainda se encontravam presentes nas ruas, no campo, transformando em resistência sua passividade.

Os incas não tinham desaparecido, ao contrário, estavam vivos naqueles quíchuas que vendiam rádios-relógio nas ruas, aspirando o mesmo ar do rei-sol, que tornava sagrado tudo o que tocava com a mão. O passado ainda estava lá, misturado ao presente, e possivelmente ao futuro. Como o Príncipe de Lata, pensou Ivan, naquele lugar tudo o que se achava acabado, perdido ou desaparecido sempre aparecia para surpreender os capazes de enxergar.

* * *

No seu segundo exame trimestral, a bexiga de Ivan mostrou-se novamente limpa. Em seu gabinete refrigerado, aonde as boas e más notícias vinham ao som de jazz da música ambiente, o doutor Roger explicou que as paredes de sua bexiga estavam levemente avermelhadas, mas o exame anatomopatológico não mostrara nenhuma anormalidade.

— Da outra vez a bexiga estava avermelhada e isso era mau — disse Ivan. — Qual a diferença?

— Existem vermelhos e vermelhos — explicou o médico. — Esse vermelho aí significa que talvez sua bexiga tenha encontrado um novo ponto de equilíbrio. Isso não faz dela um órgão completamente normal, mas é capaz de evitar novas malformações por conta própria. Digamos que seja o jeito que ela achou de acomodar-se.

No lugar dos exames trimestrais, ele teria seis meses de folga entre cada verificação, a partir dali. Sofrera como um cão sarnento, mas valera a pena. A limpeza do BCG se revelara eficaz, para não dizer salvadora. Mal podia agradecer a Roger. Sentado à sua frente, o médico sorria placidamente.

Caso tudo corresse bem, após mais dois ou três exames semestrais, o intervalo seria anual. Em dois ou três anos, se nada ocorresse, Ivan estaria liberado dos exames. "Por precaução, muitos preferem continuar dando uma olhada de vez em quando", explicou Roger. Mais uma lei da teoria da relatividade da vida: ninguém está livre de nada. A única coisa certa é contar com a doença, e se não com a doença, com as complicações do envelhecimento. Porém, Ivan já não precisava pensar naquilo como uma faca contra o peito.

Ao voltar para casa, ligou para Marcial. O pai dissera que o esperaria para ir a Compostela. Abril, o mês combinado, passara. Agora, porém, o filho estava em plenas condições de viajar. Ansioso, já se via com um cajado retorcido na mão, sandálias franciscanas, caminhando ao lado do pai sob as famosas estrelas ao norte da Espanha.

— Estou pronto — anunciou. — Compostela, lá vamos nós.

Para sua surpresa, agora era o pai quem tinha problemas. Estava feliz com as notícias, é claro, mas andava tomado pelo trabalho. Além do seu velho emprego, começara a atuar como consultor de empresas na área de comunicação. Conquistara recentemente uma série de novos clientes, estava sem tempo. Perdido em outras preocupações, já não falava do projeto com tanto entusiasmo.

— Para ir a Compostela são necessários quase quarenta dias, tenho ainda de negociar umas férias vencidas — explicou Marcial. — Além disso, talvez eu precise viajar a trabalho em breve. E, para completar, estou escrevendo um livro. Há uma editora interessada, que me deu um prazo curto. Seria importante para mim, você sabe. Um consultor que se preza precisa ter uma obra publicada.

Aqueles empecilhos todos antes não existiam, o que deixou Ivan desconfiado de que havia algo mais que o pai não desejava falar. Pensou em lhe dizer quanto aquela viagem se tornara importante para ele, mas as palavras morreram no peito. Conversou mais um pouco com Marcial, ouviu mais detalhes sobre a futura obra do pai e desligou o telefone mais triste do que deveria. De repente, percebia que Compostela se transformara em um plano mais seu que do próprio Marcial. Só isso explicava o tamanho da sua frustração.

    Nos dias seguintes, continuou a sondar o pai, em busca de algum sinal de que ele poderia voltar atrás em suas novas prioridades. Não: Marcial estava ocupado, o livro andava depressa, mas ainda se encontrava longe do final. Mandava-lhe trechos da obra, em pequenas pastas de plástico, para que acompanhasse o andamento da redação e opinasse. Ivan estranhava aquela fúria do pai pelo trabalho. Marcial alegava que a divisão de bens na separação com Lena lhe custara muito caro. Durante toda a vida ele não se preocupara muito em adquirir bens ou acumular dinheiro para se aposentar. Agora, logo agora, isso se tornara premente, exigia todos os seus esforços.

    — Quero refazer meu patrimônio — disse. — Ter uma casa no campo, talvez, onde possa descansar um pouco quando quiser me retirar.

    Ivan sentiu-se quase órfão. O que fazer? Claro, restava Gisela. Se queria tanto ir a Compostela, se a peregrinação virava um projeto apenas seu, e se a namorada tinha tanta vontade de ir com ele, por quê não? No entanto, Ivan não tinha a menor intenção de viajar com a namorada. Agora que o pai se declarara impedido, ao menos a curto prazo, ele estava mais certo do que nunca de que só iria a Compostela com ele. E mais ninguém.

    Ele já tinha problemas demais com Gisela para levantar mais um. Na noite em que tinham discutido sobre os pequenos furtos domésticos, algo entre eles se quebrara. Tinham voltado a dormir juntos, faziam amor como se nada houvesse acontecido, mas o que Ivan sentia em relação a ela mudara. Tornara-se distante e desconfiado. Generoso de maneira geral, Ivan não se importava em dar às vezes mais do que podia a alguém que achava merecer ou realmente precisava. No entanto, quando Gisela lhe pedia pequenas coisas, até o dinheiro para que Arlinda fizesse o supermercado, Ivan se irritava como se sofresse mais um abuso. Dar-lhe cinco centavos pesava-lhe como emprestar um milhão.

Em sigilo, investigou a vida da namorada. Um encontro informal com a tia de Gisela foi suficiente para descobrir que a razão da sua briga com o pai e o irmão era o dinheiro, mais precisamente a divisão da herança de sua mãe. A Gisela coubera uma boa quantia, além de alguns imóveis, recursos que ela dilapidara em investimentos frustrados ou negócios obscuros.

As coisas, afinal, se explicavam um pouco mais. Ivan tinha de recobrar a confiança em Gisela de maneira definitiva, ou afastar-se para não sofrer. Se ainda tinha alguma dúvida sobre o desfecho mais provável, terminou certa manhã, quando o telefone tocou na agência e a secretária Viviane anunciou que Gisela o chamava de uma delegacia.

— Pode passar a ligação.

Ao celular, Gisela chorava. Com a voz entrecortada por soluços, dizia que estava no 13º DP, para onde tinha sido levada por causa de uma discussão em frente de casa.

— Discussão com quem?

— O Aurélio Santos — disse ela.

Ivan o conhecia. Era um profissional que passara por diversas galerias de arte e, depois de certo tempo, começara a trabalhar por conta própria, ganhando comissão sobre os quadros que vendia. Conversara com ele em algumas festas para as quais Gisela o levava, ou que ela mesma promovia. Sua namorada vendera alguns quadros por seu intermédio sem lhe pagar a comissão correspondente. Aquela manhã, depois de muito cobrar, Aurélio resolvera fazer plantão diante de sua casa, aos brados, dizendo que só sairia dali com o dinheiro. Gisela surgira à porta para mandá-lo embora e a discussão descambara para uma gritaria que alarmara a vizinhança. Alguém chamara a polícia, que, pouco interessada nas razões dos litigantes, fechara o barraco levando ambos à delegacia.

— Eu não devo nada a esse sujeito — disse ela. — Ele disse que iria me ajudar como amigo.

— Espere — disse Ivan. — Em pouco tempo estarei aí.

Como outras delegacias em São Paulo, o 13º DP era um caixote de concreto que ocupava o lugar de uma escola de primeiro grau. Na entrada, havia uma sala de espera com cinco fileiras de cadeiras plásticas. Nos fundos, ficavam à esquerda uma escada para o piso superior e a sala do delegado, com a porta aberta. À direita, um balcão envidraçado mantinha separada uma saleta menor. Ali, com um ar entre a obrigação e o enfado, um escrivão fazia perguntas a Aurélio e martelava as respostas num velho computador.

Sentada numa das cadeiras da sala de espera, Gisela correu para Ivan assim que o viu. Fungava e tinha os olhos vermelhos de chorar. Abraçou-o como a mocinha ao herói num filme de capa e espada.

— Ele está prestando queixa contra mim! — exclamou. — Ele é...

— Vou ver o que é possível fazer — adiantou-se Ivan, como se Gisela não precisasse lhe dar explicações.

Dali, ele não podia ouvir o que Aurélio dizia ao escrivão. Foi até a sala do delegado. Sobre a mesa repousavam uma placa — José Cerqueira — e os pés do seu titular, que aguardava o assistente concluir o trabalho.

— Desculpe, sou o namorado dessa moça que está aí — disse Ivan. — Gostaria de saber se é possível conversar com o rapaz. Eu o conheço e acho que podemos chegar a um acordo para evitar a queixa e resolver logo o assunto.

O delegado Cerqueira estava aborrecido. Havia ladrões nas ruas, delitos de verdade, mas ele tinha de lidar com aquele tipo de querela. Vendo alguém disposto a livrá-lo de uma papelada que com certeza daria em nada, achou que o inesperado herói merecia uma oportunidade. Levantou-se.

— Vamos lá ver.

A reunião na saleta de vidro do escrivão foi rápida. Ivan cumprimentou Aurélio, que ainda estava furioso.

— Ela recebeu o dinheiro de três galerias e não me pagou a comissão — disse. — Desculpe ter ido à sua casa, mas não podia sair de lá sem pagamento. Chegou a polícia e foi bom, porque agora posso prestar queixa por estelionato.

Ivan deixou Aurélio desabafar. Quando seu ímpeto arrefeceu, disse-lhe calmamente:

— Eu tenho uma proposta para sairmos deste impasse. Vá amanhã à minha casa, às cinco horas da tarde. Gisela não estará lá, é a hora em que vai fazer ginástica. Podemos ver de quanto é a dívida e o que poderemos fazer. Eu me encarrego de resolver o assunto, ficará entre nós. Hoje você retira a queixa e vai para casa. Se amanhã não estiver satisfeito com nosso acordo, ainda poderá voltar à polícia.

Aurélio olhou para o escrivão e o delegado. Eles balançavam a cabeça, em sinal de aprovação.

— O senhor sabe, esses casos são demorados — disse o delegado Cerqueira. — Se houver outra saída, sempre é melhor.

Enfiado na cadeira, Aurélio voltou-se para Ivan.

— Gisela vai dizer que não me deve nada, que tínhamos combinado tudo na base da amizade. Como não tínhamos um contrato assinado, eu não poderia cobrar. Você acreditará em quem?

Ivan olhou para Aurélio. Havia nele um certo pesar.

— Fique tranqüilo — disse ele. — Pense que você é um homem de sorte.

— Por quê?

— Porque vai receber o seu dinheiro amanhã e nunca mais precisará fazer qualquer outro negócio com Gisela. Imagine agora a minha situação. Eu moro com ela.

Aurélio pensou. Suspirou, levantou-se e cumprimentou-o.

— Tem razão.

Virou-se para o delegado e pediu-lhe que retirasse a queixa.

— O senhor está certo disso? — perguntou Cerqueira.

— Sim, senhor.

Ivan levou Gisela no BMW para casa. Tirá-la de uma confusão mais uma vez lhe custaria caro. Porém, não a repreendeu. Pensava no que dissera a Aurélio. O pior é que se tratava da verdade: entre aquele quase desconhecido e Gisela, acreditava nele.

Deixou-a em casa, onde ela se despediu com um beijo cheio de agradecimentos, embora ele se mostrasse frio. Havia trabalho a fazer na agência, mas, quando ele acelerou a caminho do trabalho, sentiu cansaço. Resolveu mudar de destino: entrou pela avenida Marginal e seguiu para a Cidade Universitária. Estudara naquele *campus*, havia uma tranqüilidade de fazenda nos gramados que ocupavam o grande vazio entre as faculdades. Ali ele costumava deitar nos seus tempos de estudante, entre uma aula e outra: o lugar fazia-o lembrar de um tempo despreocupado, era um reduto de paz e recolhimento.

Estacionou o carro diante da Praça do Relógio, na área central do *campus*, àquela hora quase deserta. Comprou um picolé de tangerina num carrinho de sorvete e caminhou pelo gramado. Examinava os próprios pés pisando a grama: o par de tênis surrados de estudante tinha sido substituído pelo couro italiano, mas ele ainda era o mesmo Ivan. Afrouxou a gravata e sentou-se aos pés do relógio. Chupou seu picolé sem pressa, deitou-se e abriu os braços, abarcando o céu azul.

Aprendera algo sobre os erros. O erro é uma decisão conjunturalmente certa. Quando encontrara Gisela, estava fraco demais para esperar o tempo necessário até conhecê-la direito. Necessitava desesperadamente de companhia e ela correspondera: tinha sido a palavra de fé imediata que precisava escutar. Desfeita a conjuntura que justificava o erro, ficava o erro, tãosomente. Agora que ele voltava aos poucos ao normal, começava a enxergar tudo o que não via antes. Sabia que não poderia viver com ela. Mas seria já capaz de lidar com a solidão?

O movimento do Sol mudou levemente a sombra da torre do relógio e inundou seu rosto de uma luz intensa. Estava livre da ameaça iminente do câncer. Estava curado. Porém, teria curado sua alma? Para todo mundo, com ou sem o câncer, o dia da doença e da morte um dia chegam. No futuro, graças à biociência, talvez o Homem passasse fácil dos cem anos, mas ele podia se considerar um sujeito de sorte: na Idade Média, com certeza não chegaria aos cinqüenta. Todos envelhecem e morrem, porém, e têm de lidar com isso sem que a aflição estrague a vida. Ele saberia estabilizar-se, para não cometer os mesmos erros? Conseguiria envelhecer e aceitar a condição humana com dignidade?

Era duro enfrentar essas dúvidas sozinho. Ou melhor: era duro enfrentar sozinho o medo. De repente, lhe fazia falta o pai, envolvido com seus próprios problemas. Era como se, desistindo de Compostela, Marcial também o deixasse só. No fim das contas sempre estamos sozinhos, pensou Ivan, encaremos esse fato. Quando disse essas palavras a si mesmo, pôde sentir novamente o medo. Um medo de arrepiar a pele.

Lembrou-se daquele dia em que chegou ao lado de Marcial a Machu Picchu, o ponto crucial e inesquecível daquela viagem que o colocava diante de seus dilemas. Em Machu Picchu deveria ter acreditado no Príncipe de Lata; preferira duvidar dele, mas lá é que estava a verdade sobre o Medo, a resposta que procurava para vencê-lo, e que agora emergia como o passado que não morre, misturado ao presente de forma insistente, transfigurado naquele estranho mensageiro.

* * *

A cidade peruana de Cuzco estava cercada por uma serra, formada pela antiga boca de um vulcão extinto. As montanhas ao norte eram tão íngremes que o trem, para vencê-las, subia em ziguezague, andando de frente e de ré, vezes seguidas, enquanto ganhava altura. Cheios de expectativa, Ivan e Marcial grudavam-se aos vidros da composição com apenas três vagões, até que ela ganhou o topo da montanha e deslizou em declive suave e constante rumo noroeste.

Avistaram construções de pedra nas montanhas que escoltavam sua passagem: muros perdidos nas encostas, postos de vigilância ou casas antigas, restos de civilização. Ao longo de uma hora, eles observaram a paisagem dos Andes transformar-se em um cenário tropical. A cordilheira descia até encontrar uma área montanhosa de floresta em território peruano, a 2 mil metros de altitude — o início da Amazônia. O trem entrou em um vale sinuoso, acompanhando o leito do Vilcanota, nome com que os conquistadores espanhóis rebatizaram o Urubamba, o rio de águas turbulentas sagrado para os incas.

Seguiram um desfiladeiro coberto de mata luxuriante. Aos poucos, as montanhas se agigantavam e o desfiladeiro se fechou, até se transformar em uma passagem no meio de uma floresta imóvel e silenciosa, onde pairava um certo espírito inca, cuja presença Ivan e Marcial sentiam cada vez mais forte. Acreditava-se que, acompanhado por seu séquito, Manco Cápac refugiara-se naquelas montanhas tropicais em 1535. Depois dele, Tupac Amaru iniciara a guerrilha contra os invasores a partir de seu esconderijo naquela região inóspita.

Agora que estavam perto de Machu Picchu, erigida sobre os despenhadeiros recortados pelas águas barrentas do Urubamba, Ivan imaginava os deuses e rituais que tinham tomado lá o seu lugar. Ali, nas montanhas que escondiam as ruínas de seus antigos senhores, os incas viviam sacrificando animais para curar feridas, espantar doenças, lançar pragas contra inimigos, defender a alma dos males espirituais, proteger recém-nascidos em cerimônias realizadas nas noites de lua cheia. Cada montanha tinha seu deus particular. A esses deuses, os Apos, eram dedicados os rituais de magia negra. A força das águas do Urubamba explodindo nas pedras sugeria por que aqueles povos primitivos acreditavam tanto que a natureza possuísse uma energia sobrenatural.

O trem passou por túneis escavados na rocha e ladeou o rio no fundo do cânion — os incas viajavam pela crista das montanhas e não por aquela via impraticável antes da construção da ferrovia. Casebres meio encobertos pelas folhagens indicavam que eles se aproximavam de um povoado. O trem parou em uma estação de madeira, ao lado de uma clareira que servia de estacionamento para os microônibus que levavam até a cidade perdida.

Ivan olhou para o alto das montanhas circundantes, que avançavam sobre seus olhos como paredes vertiginosas: não havia como imaginar a existência de uma cidade lá em cima. Agora entendia como Machu Picchu passara incógnita por séculos, até ser localizada, setenta anos antes, pelo explorador inglês Hiram

Bingham. Foi o primeiro a subir no microônibus, que ficou lotado. Havia entre os passageiros turistas americanos, que faziam o roteiro com todo o conforto possível: vinham de Lima de avião, ficavam nos melhores hotéis, desfilavam roupas cáqui de exploração que Ivan só vira no cinema e recebiam assistência de guias de viagem. Em pé no corredor entre os assentos, um deles fez uma introdução às maravilhas do lugar. Instalados nos bancos de trás, pai e filho ouviam a preleção feita em inglês.

Segundo o guia, muitos historiadores acreditavam que o último rei inca se exilara em Machu Picchu, mas o mais provável é que aquela fosse uma cidade ritualística, espécie de local sagrado. Tupac Amaru terminara preso e decapitado na Plaza de Armas em Cuzco, aquele mesmo lugar onde Ivan e Marcial tinham comido seus sanduíches e ouvido as flautas andinas animarem a noite. Porém, jamais se soube onde ficava seu esconderijo. O enigma de Machu Picchu perdurava, associado à localização insólita, o clima místico e a inexplicável engenharia com que os incas edificavam seus muros de pedra em engastes perfeitos.

Da mesma maneira que o trem saíra de Cuzco, o microônibus subia a estrada em ziguezague, manobrando com dificuldade para fazer as curvas em ângulos agudos. Ganhou a montanha quase vertical, deixando uma coluna de pó, até as portas do parque em que foi transformada a cidade perdida.

Ivan e Marcial pagaram o ingresso e entraram em respeitoso silêncio, como quem pisa solo sagrado. Passaram pelos terraços dispostos em degraus, sustentados por muros de pedra, que um dia tinham sido usados para agricultura, de modo a abastecer a cidade. Castigados pelo vento que zunia entre as montanhas, eles percorreram as habitações de pedra polida, cada bloco ajustado aos outros em miraculosa harmonia: os templos, a cela dos sacerdotes, os nichos onde se emparedavam prisioneiros, o fosso escavado na rocha onde eram torturados e mortos os condenados.

Naquela urbe que permanecera incólume, a vida humana desaparecera, assim como o teto de madeira e palha dos edifícios, mas deixara seus espectros. Ivan podia imaginar ali o rei-sol, transformado num guerrilheiro, rosto marcado por olheiras fundas, mas dotado da antiga majestade, cercado pelos sacerdotes que o serviam em busca do conselho dos espíritos ainda presentes por ali.

Eles circundaram a cidade sagrada pela beira dos abismos que a sustentavam sobre as águas do Urubamba. Foram até o limite sul da urbe, onde se avistava o Huayna Picchu, do outro lado do desfiladeiro em cujo fundo, quinhentos metros abaixo, serpenteava o rio sagrado. Detiveram-se diante da Pedra da Lua, forma inexplicável de pedra, semelhante a uma bigorna, que não se sabia esculpida ou natural. Desde Hiram Bingham, cientistas, arqueólogos e curiosos se perguntavam para que aquilo servira um dia, sem encontrar resposta. Pai e filho também se curvaram diante do enigma da pedra, de superfície lisa como sabão, com um dedo geométrico apontando para o céu. Tinha algo de hipnótico: atraía o olhar e fazia estremecer o coração. Eles ficaram longo tempo naquele estado de fascinação, o mais perto que Ivan já chegara da adoração religiosa.

De repente, uma voz limpa como a de um sino os tirou daquele transe.

— De onde vocês vêm?

A pergunta, em um castelhano com sotaque difícil de identificar, os assustou menos pelo timbre que pela figura do seu autor. Ao seu lado, silhueta marcada contra o céu acima do pico sagrado, estava o Príncipe de Lata. O vento peruano ocupou o espaço no silêncio deixado pela perplexidade.

Não havia dúvida. Em vez de farrapos, porém, ele resplandecia em panos de um branco celestial. Retirara o capacete, deixando cair longos cabelos negros. Seus braços estavam cruzados placidamente no peito, como se aninhasse uma criança.

— Somos de São Paulo — disse Ivan, balbuciando.

— Brasileiros — acrescentou Marcial, recuperando-se da surpresa. — E você, quem é?

— Me chamam de Aquele-Que-Anda — disse o quíchua, simplesmente. — Muitos me conhecem.

— Ah — disse Ivan, como se ele tivesse explicado muito. — Pensamos que fosse algum descendente do rei-sol, guardião do tesouro de Manco Cápac.

O Príncipe de Lata riu.

— Não existe nenhum tesouro do rei-sol? — perguntou Ivan.

— Existe, claro — disse ele, olhando ao seu redor. — Vocês estão diante dele.

— Não compreendo — disse Marcial.

— Não me surpreende. Vocês turistas vêm para cá, olham, olham e vão embora sem saber o que olharam. Procuram algo, mas não há nada aqui que não esteja dentro de vocês.

Ele disse aquilo e sorriu, um sorriso claro, com dentes alvos, que emprestava doçura e paz ao seu rosto duro de guerreiro. Ivan e Marcial se entreolharam, buscando um no outro amparo para responder àquilo.

Naquele instante, o vento canalizado do desfiladeiro subiu e lambeu a cidade de pedra, levantando uma nuvem de poeira. A lufada formou rodamoinhos, que fizeram Ivan e Marcial procurarem apoio para não cair, com o braço diante do rosto, de modo a proteger-se. Quando o vento afinal se foi, limparam os olhos, os óculos e viram que o Príncipe de Lata desaparecera, como que levado pelos ares.

— Eu disse que o tinha visto — foi o que Ivan encontrou para dizer.

— Bem, dessa vez eu também o vi — disse Marcial.

Andaram pela cidade, sem direção, na esperança de ver mais uma vez o Príncipe de Lata. Logo eles, cheios de opinião sobre tudo, não sabiam mais o que pensar. A aparição do andarilho tornara ainda mais assombrosos aqueles muros de pedra, o silêncio dos templos vazios, o peso do ar sobre a montanha, a vertigem dos desfiladeiros.

Súbito, Marcial lembrou-se do relógio: aproximava-se a hora da partida do último microônibus. Apertaram o passo, para cruzar a cidade novamente, no sentido de volta. O parque fechava cedo, às dezesseis horas; eles não queriam ser esquecidos ali de jeito nenhum. Macchu Pichu já estava praticamente vazia: os turistas tinham ido embora e os tufos de grama seca que rolavam com o vento entre os edifícios de pedra davam-lhe ainda mais o aspecto de cidade fantasma.

Alcançaram o microônibus quase cheio e já de motor ligado. Na saída, um menino nativo, com não mais que dez anos de idade, colocou-se diante do veículo e deu um grito de guerra — "aiêooooooooou!" — quando o veículo partiu. Eles desceram a montanha em ziguezague, da mesma forma que tinham subido. Quando menos se esperava, o menino de repente surgiu do mato — "aiêooooooooou!" — como uma aparição. Cortando caminho pela mata, estava sempre à espera com seu grito a cada passagem do veículo por um lance inferior da estrada. Quando eles desceram, no estacionamento, ele já se postava à porta, sorriso estampado no rosto, mão estendida para a gorjeta. Um casal de turistas americanos, os primeiros a descerem, encheu sua mão com alguns dólares. Marcial também lhe deu algum dinheiro.

— Sem dúvida, aqui eles sabem como aparecer e desaparecer — disse.

Faltavam poucos minutos para o trem partir. Ali no fundo do desfiladeiro a noite começava mais cedo — já estava quase escuro. Eles atravessaram o estacionamento, subiram a plataforma da estação e embarcaram no trem. Pai e filho mantinham-se calados, sob o impacto de tudo o que tinham visto. Para chegar a Machu Picchu, tinham levado quinze dias, passando pela dor, pelo medo e por todo tipo de privações: tudo isso para ficar não mais que quatro horas na cidade perdida. No entanto, aquela curta visita fora o suficiente para afetá-los profundamente. Quando o trem arrancou, Ivan arrepiou-se. Sentado ao lado da janela, ele olhou para cima, numa última tentativa de enxergar a cidade misteriosa no alto da montanha. Viu apenas mata, as paredes de granito e o céu anilado da tarde que estertorava.

Quando baixou a cabeça, o trem já acelerava ao longo da estação. Ainda teve tempo de avistar aquela figura imponente postada na plataforma, braços cruzados sobre o peito, vigiando a partida da composição. Com súbita presença de espírito, Ivan enfiou a mão na mochila e sacou a máquina fotográfica. O trem se distanciava, mas ele ainda pôde tirar uma chapa do personagem, à distância, através do vidro.

E por um instante, pela lente da máquina, Ivan teve certeza de que, com sua expressão serena, o Príncipe de Lata também olhava em sua direção.

* * *

Despejar Gisela seria doloroso de qualquer modo, de forma que Ivan preferiu fazê-lo com a mesma agilidade com que a convidara para morar em sua casa. Mesmo que isso parecesse muito duro, encurtaria o sofrimento. Certa manhã, ao acordar e ver no espelho aquele homem de barba por fazer, com a cabeça pesada, reflexo do cansaço, de um certo desânimo, seu instinto de autopreservação sinalizou: chegara a hora.

Como nos últimos tempos, ele tomou o café-da-manhã antes de Gisela e esperou no escritório que ela levantasse. Quando a namorada desceu do quarto, por volta das nove da manhã, foi encontrá-la fazendo o desjejum à mesa do jardim. Arlinda servira-lhe torradas com queijo derretido. Ela estava ainda de boca cheia quando Ivan a abordou.

— Imagino que você já estivesse esperando por este momento. Acho que chegou a hora de nos separarmos. Não temos como continuar juntos.

Ela prosseguiu a mastigação, sem pressa. Depois de terminar sua torrada, balançou a cabeça.

— Não entendo.

— Espero nos poupar sofrimento com discussões — disse ele. — Sei tudo o que você tem a falar e gostaria de dispensá-la do que eu poderia lhe dizer. Seria melhor você ajeitar suas coisas para ir embora assim que possível.

Antes que ela o contestasse, Ivan saiu. Foi esfriar a cabeça no banho. Depois de uma longa ducha, transferiu suas roupas e objetos pessoais para o quarto de hóspedes. Planejava dormir ali e ficar fora de casa o maior tempo possível, até que Gisela fosse embora. Porém, tomaria providências para evitar surpresas desagradáveis. Já vestido, foi à cozinha conversar com Arlinda. Em voz baixa, pediu-lhe que ficasse de olho: não queria Gisela levando mais nada às escondidas.

— Se isso acontecer, avise-me imediatamente.

— Ai, doutor Ivan, tenho mesmo que fazer isso?

Quando ele voltou do trabalho naquela noite, Gisela não estava em casa. Chegou por volta de onze e meia e, ao passar pelo escritório, onde ele se encontrava, pareceu triste, mas conformada.

— Foi você quem me convidou para morar aqui — lembrou ela, mais uma vez.

— Eu sei — disse ele. — Agradeço por tudo de bom que tivemos, tudo o que você fez por mim, mas temos grandes diferenças, sobretudo a maneira como vemos o certo e o errado. Passada minha confusão pessoal, vejo as coisas claramente.

— Achei que você me via com amor.

Ivan baixou a cabeça. Não queria entrar naquela discussão: já sofrera demais ultimamente. Acreditava, porém, que Gisela também não o amava. Nem via que o usara, assim como ele fizera com ela.

— Irei embora — disse a namorada —, mas preciso de ajuda. Para alugar outro apartamento, necessito que você seja meu fiador.

Ivan levantou a cabeça. De certa forma, já esperava por aquilo.

— Você não tem ninguém mais que faça isso? — perguntou, friamente. — Como alugou se apartamento anterior?

— Meu ex-marido era o fiador. Não posso procurá-lo. E meu pai e meu irmão não falam comigo. Não vejo quem mais possa ajudar.

Gisela o acusara de não amá-la, mas ele via com que facilidade ela transformava seu próprio amor em uma conta. O fiador, em última análise, era o responsável pelo pagamento dos aluguéis. Não podia livrar-se do contrato, mesmo que quisesse, enquanto durasse a locação — a lei era draconiana, ele bem o sabia. Gisela iria embora, mas deixava implícito que poderia lhe custar caro. Ele não tinha nenhuma dúvida de que a conta ficaria para ele: era a maneira como ela fazia as coisas. Mesmo assim, decidido como estava, apanhou aquela oportunidade de livrar-se logo da situação. Pelo menos, podia calcular de quanto seria seu prejuízo dali em diante. E pagá-la à distância era melhor que viver mal ao lado dela.

— Está bem.

Deixando Arlinda de guarda, ele seguiu sua estratégia de manter-se ausente, de modo a não encontrar Gisela mais que o necessário. Em duas semanas ela se mudou para um flat nos Jardins. Não sem antes mandar o contrato de locação, que Ivan assinou com punho firme.

Ele teria ainda um segundo embate, não menos delicado. Não queria explicar à mãe e aos outros familiares as razões pela qual tomara a decisão de separar-se. Com certeza Lena não entenderia a crise de confiança na namorada sem conhecer os fatos que tinham comprometido o relacionamento. Na verdade, acreditava que a mãe o condenaria mesmo que soubesse de tudo. Ivan já errara demais. Diante da mãe, tudo o que fazia passara a ser equivocado, não importavam seus sentimentos, muito menos suas razões. Para ela, Ivan apenas estaria repetindo seu padrão de comportamento.

De fato, quando recebeu a notícia ao telefone, Lena se mostrou perturbada.

— Como você pode fazer uma coisa dessas? — disse. — Essa mulher te ajudou tanto... Gosto muito dela.

— Eu sei.

No dia seguinte, Lena apareceu em sua casa. Raramente a mãe o visitava, ainda mais sem avisar. Quando ela desceu a escadaria e sentou-se no sofá branco da sala, Ivan já sabia que levaria um pito.

— Não posso aceitar o que você fez com essa mulher.

— Tenho meus motivos.

— Ela te ajudou demais. É simpática, uma boa moça.

— Eu achava isso também, por isso a namorava.

Ao ver que nada do que pudesse dizer mudaria a posição dele, Lena afinal fuzilou o filho com seu olhar de medusa.

— Você pelo menos tem de ajudá-la. Ainda mais se ela está com problemas financeiros.

Ivan pensou em dizer que já ajudara Gisela financeiramente, revelar quanto pagara pelas suas dívidas anteriores, ou quanto lhe custaria quando ela deixasse acumular o aluguel e o condomínio do flat do qual era o fiador. Mas sabia que, se a mãe viera até ali para ralhar com ele, não iria escutá-lo. Quando ela saía de casa com algo entalado na garganta, louca para dizer as suas verdades, não perdia a viagem. Encontraria outros argumentos para mantê-lo na posição do criminoso, apenas para ocultar quanto ficara triste com aquela notícia, fazendo-o pagar pelo sofrimento dela também.

Era assim que Lena funcionava, e ele tinha de suportar. A mãe, no fim das contas, era muito boa. Vivia com uma pequena aposentadoria da rede de ensino estadual. Com o que as dívidas de Gisela tinham lhe custado, Ivan poderia mantê-la como uma rainha por longo tempo. Lena merecia mais que Gisela. No entanto, viera reclamar dinheiro para a ex-futura nora.

— Eu gostava muito dela — repetiu a mãe, ocamente, diante do silêncio do filho.

— Sinto muito — disse ele.

Lena queria sua felicidade e atribuía mais aquela decepção à inquietação permanente que continuava a impedi-lo de viver feliz com alguém. Era o germe da inconstância, um bicho hereditário que ela condenava em Marcial, responsável direto por tudo o que acontecia com o filho. Ela tinha razão, mas Ivan precisava olhar para a frente. Não seria com Gisela que ele se aquietaria.

Ele precisava vencer a inconstância, mas com a pessoa certa. Antes de se juntar outra vez a alguém, tinha de encarar a solidão. Olhar o medo de frente, passar por ele. Só depois disso se sentiria equilibrado para escolher melhor, abrir-se novamente para o amor e encontrar a paz.

Ele e o pai ainda procuravam, e a busca era a mesma de sempre, aquela tranqüilidade intangível que eles imaginavam estar em outros lugares, fosse Compostela, Machu Picchu ou o hotel Fonte de Luz. Agora ele afinal entendia o que dissera o Príncipe de Lata — a resposta não estava em outros lugares, mas dentro dele mesmo, embora não soubesse ainda ao certo como chegar até ela. Vinte anos depois, a mensagem voltara com seu portador, novamente como um enigma. Gostaria de encontrar outra vez o Príncipe de Lata, pedir ajuda. Porém, sequer tinha certeza de que ele realmente existia, ou tinha existido. Talvez acreditasse mais se possuísse a única prova material disso — aquela fotografia tirada a bordo do trem, em Machu Picchu.

Nem com isso, porém, podia contar — como se o destino, ou os espíritos encarregados de proteger o Príncipe de Lata, tivesse tramado para mantê-lo na dúvida.

* * *

Na volta a Cuzco, Ivan e Marcial encontraram a cidade inteira transformada em uma grande feira. Eles não tinham se dado conta, mas era véspera de Natal. Depois de um banho, saíram do hotel. À meia-noite, na Plaza de Armas e nas ruas vizinhas, mal havia espaço para caminhar. Pensando em Lena e Luana, eles jantaram num restaurante de esquina, que anunciava um cardápio natalino. Não queriam ficar naquele movimento, que prometia avançar pela madrugada. Depois de alcançar Machu Picchu, uma força urgente os impelia de volta para casa. Abandonaram o burburinho e foram para a cama, como se dormir logo já apressasse o retorno.

— Estou louco para revelar o filme — disse Ivan, orgulhoso da foto que tirara do Príncipe de Lata.

— Eu também quero ver — disse Marcial. — Porque a minha impressão é de que ele deve ser algum tipo de fantasma, desses que não aparecem nos espelhos, nem nas fotografias.

No dia seguinte, eles foram cedo à estação do trem. A plataforma estava deserta: até mesmo o exército desaparecera. Agarrado a um escovão, um funcionário preguiçoso informou que o trem não partiria naquele dia, pois os maquinistas da linha estavam em greve. O Sendero Luminoso atacara algumas estações, eles tinham medo de novas escaramuças e se recusavam a trabalhar naquelas condições. Para completar, pediam aumento de salário, pois o atual não justificava correr aquele tipo de risco.

— Já eu não me importo — disse o homem. E completou, virando o escovão, como quem segura uma carabina. — Se fosse mais novo, acho que seria também um senderista.

Sem outro recurso, Ivan e Marcial foram à rodoviária. Um ônibus partiria às seis da tarde: compraram dois bilhetes, os últimos disponíveis. Sem o que fazer até lá, perambularam pela cidade, alertas para a eventualidade de encontrar o Príncipe de Lata. Agora, esperavam pelo improvável a qualquer momento.

Na hora exata, embarcaram. Seus assentos estavam na última fileira. Ótimo, pensou Ivan, aqui atrás não seremos incomodados. O sol, que tingia o céu de laranja, transmitia uma prazerosa sensação de fim de jornada. Eles lembraram da viagem de vinda, por trem: imaginavam que aquela também seria rápida e confortável.

Não demorou para perceberem que estavam enganados. Aos poucos, o ônibus lotou. A companhia não se importara em vender mais lugares que o número de assentos. Logo o corredor foi completamente ocupado, fechando a passagem entre os bancos. Nos primeiros trezentos metros de percurso o asfalto acabou. O ônibus entrou numa estrada de terra esburacada, que fazia sacudir até a alma. Ivan tentou reclinar o banco, mas era impossível: os assentos da última fileira eram fixos. Os passageiros da frente, no entanto, reclinaram os seus. Instantaneamente, Ivan e Marcial ficaram guilhotinados. Sem espaço para circular no corredor, onde não entrava sequer um pé, eles mal podiam se mexer.

Com o passar das horas, o que era incômodo se transformou em tortura medieval. A noite caiu. Enquanto o ônibus sacudia, o frio andino fazia com que o ar se condensasse dentro do veículo. Gotas se formavam nas janelas, juntavam-se e corriam para trás. Imobilizados na cadeira, Ivan e Marcial ficaram ensopados. As roupas e o corpo molhados multiplicavam o frio. Por volta da meia-noite, a temperatura beirava zero grau.

— O que vamos fazer? — perguntou Ivan. — Estou congelando.

— Não sei — disse Marcial. — Espero que a viagem não seja longa. Será difícil resistir muito tempo.

— Tenho uma idéia.

— Qual?

— Vamos cantar.

Marcial riu.

— Está bem.

Ivan nunca tinha visto Marcial cantar em toda a sua vida. Tivera sorte, pois a voz do pai era sofrível. Naquela noite, porém, isso não tinha importância. Eles cantaram para sobreviver, elevando o próprio moral, ao mesmo tempo em que se vingavam da população que locupletava os corredores, impedindo-os de sair dali.

O ônibus passava por leitos de rio, crateras e a beira dos despenhadeiros como um jipe indomável. No meio da madrugada, o veículo fez uma parada em um lugar ermo e escuro. A maior parte dos passageiros desceu. Ivan e Marcial se levantaram, pernas e braços adormecidos: precisaram amparar-se nos bancos para chegar até a porta. Lá fora, o frio cortante penetrou nas roupas molhadas, enregelando-os ainda mais: a possibilidade de mover-se, contudo, era uma bênção.

Ivan andou por alguns metros, sentindo o chão se quebrar sob a sola dos sapatos. Quando acostumou os olhos ao escuro, percebeu que andava em uma fina crosta de gelo. Milhares de sapos coaxavam à sua volta, cantando para as estrelas.

Voltaram estoicamente aos seus lugares. Naquela madrugada, nenhum compositor da música popular brasileira foi poupado: Chico Buarque, Vinícius de Morais, Tom Jobim. Bêbados de desespero, eles cantavam o mais alto que podiam, sem que os outros passageiros reclamassem. Faltava-lhes força para isso, ou a cantoria dos brasileiros contribuía com a raiva necessária para suportar seu próprio tormento.

Pela manhã, quando o ônibus enfim chegou a Puno, eles não tinham dormido um segundo: estavam semimortos devido à imobilidade, o cansaço e o frio. Enregeladas e imóveis por tantas horas, suas juntas rangiam dolorosamente. A experiência tinha ido longe demais.

No futuro, Ivan quase não se lembraria da volta em outro ônibus para La Paz, exceto que ao chegar entraram no Hilton Hotel, não para se hospedar, pois não tinham dinheiro para luxos, mas em busca de um telefone de onde pudessem ligar para casa. Foram vigiados pelos seguranças desde o momento em que pisaram no saguão: rotos, sujos e mal-encarados, pareciam dois marginais. Depois de executarem um breve telefonema a cobrar, três seguranças armados se aproximaram e os expeliram do estabelecimento como vagabundos quaisquer.

Passaram a noite em um hotel barato. No dia seguinte cedo já estavam de pé para continuar a maratona da volta. Desceram os Andes numa daquelas jardineiras, pai e filho amontoados com índios bolivianos e sua carga de embrulhos, trouxas e engradados de galinhas, porcos e passarinhos. A estrada não apresentava sinais de ter sofrido com desabamentos recentes, como tinham lhes dito no caminho de ida. Vicunhas pastavam nas encostas, com os olhos dóceis dos animais sem maldade e longos pescoços que davam um pouco de graça ao corpo de camelo.

Ivan apreciou a civilidade de Cochabamba, a meio caminho entre La Paz e Santa Cruz, que tinham sobrevoado na vinda. Ali, eles tentaram descansar um pouco, passearam pelo Prado, o bairro chique da cidade, e comeram a pizza do Nico's, que nada tinha de especial, mas ao paladar de Ivan foi como um manjar dos deuses. Comer algo conhecido tornava-se algo extraordinário.

Pelo mesmo motivo, Santa Cruz de la Sierra pareceu tão acolhedora. Pai e filho hospedaram-se no Brasil, menos por gosto, mais por carência: depois de tanto tempo pernoitando cada dia em um lugar diferente, aquele hotel onde tinham passado noites agradáveis no início de seu périplo era como um lar.

Pilar, a dona do estabelecimento, quase não os reconheceu. Barbado, magro como um cachorro vadio, Ivan usava a única calça que lhe restara, rasgada entre as pernas devido ao desgaste de tanto caminhar. Marcial, cuja barba crescera como a dos profetas, apresentava olheiras fundas e expressão de náufrago. Os casacos rústicos de lhama, sujos e amarrotados, lhes davam a aparência de camponeses molambentos. De certa forma, por dentro estavam como revelava a aparência, dois selvagens dispostos a tudo, principalmente voltar para casa em tempo recorde.

— Quarto 23, cavalheiros — a mulher disse, acentuando o "cavalheiros" em tom irônico.

Deixaram suas coisas no quarto, tomaram um banho reparador. Uma vez limpos, vestiram as mesmas roupas sujas, sem tempo e disposição para lavá-las. Acostumados às vicissitudes, cuidados pessoais estavam em segundo plano. Mimetizados com os lugares por onde tinham passado, embrutecidos como as pessoas com as quais tinham dividido o caminho, dispensavam as regras da civilidade.

Felizes, foram sentar-se no final da tarde na Plaza de Armas para comer e beber num bar de esquina. Dali podiam ver milhares de andorinhas da praça recolherem-se para dormir na copada das árvores. Breve, porém, surgiu uma barulhenta multidão, munida de bumbos, cornetas e apitos. Aquele era o bar do Blooming, time local que acabara de sagrar-se campeão boliviano de futebol. Ouviram rojões espocar por toda a cidade e em instantes o lugar se tornou epicentro de uma grande aglomeração de torcedores em delírio, gritando, cantando e soltando foguetes até o anoitecer, para desespero da passarinhada, que voava de árvore em árvore a cada deflagração.

Estavam mortos de cansaço, mas ainda os esperava um dissabor. Ao chegar ao hotel, à noite, encontraram no quarto as mochilas reviradas e seu conteúdo espalhado pelo chão. Estavam lá um *auyao* vermelho e roxo que Ivan comprara em Puno, pequenas lembranças que eles levavam para casa, mas o principal desaparecera:

— A máquina fotográfica! — exclamou Marcial.

A aflição não era só por causa da máquina. Com ela, sumiam todos os rolos de filme que Marcial fizera pelo caminho, como se a memória da viagem subitamente desaparecesse.

Correram para a entrada da pensão. Pilar já se preparava para dormir. Aos gritos, eles avisaram que tinham sido roubados.

— É preciso chamar a polícia! — bradou Marcial.

A mulher, no entanto, manteve-se impassível.

— A esta hora o senhor não encontrará nada aberto, nem a delegacia — disse a dona da estalagem, fleumática. — Até os policiais devem estar na festa do Blooming. Espere até amanhã, mas lhe adianto que pouco servirá se queixar.

Aquilo pareceu encerrar o assunto. Atônitos, eles voltaram para o quarto, com uma certa sensação de que a boa Pilar era cúmplice do crime. Ivan bateu na testa. Lembrara do Príncipe de Lata: ele, que tanto se vangloriava de ter fotografado o misterioso personagem, com os filmes perdera o precioso flagrante.

— Quem sabe ele não está aqui? — sugeriu.

— E por que ele viria até aqui?

— Ele viu que o fotografei, tenho certeza. Pode ter nos seguido por toda parte até encontrar uma oportunidade de apanhar o filme. Pilar deve estar a encobri-lo.

Marcial riu. O inverossímil soava, mais uma vez, como uma boa explicação.

— Desconfio que, de todo modo, ficaremos sem saber.

* * *

Depois que Gisela foi embora, Ivan forçou-se a voltar para casa todas as noites, em vez de circular até tarde depois do trabalho. Encarava a liberdade de uma maneira diferente, não mais como uma oportunidade de divertir-se ou ocasião para encontrar outras mulheres, mas uma maneira de estar consigo mesmo. Acreditava que devia passar por isso, se quisesse alcançar a tranqüilidade sem depender de ninguém.

Era como um alcoólatra diante da bebida, provando-se superior à tentação de agarrar o copo. Na solidão, tornava-se autosuficiente e reaprendia a ser ele mesmo. Com isso, estaria preparado para talvez, um dia, encontrar alguém, discernir a pessoa certa, saber o que esperar dela e, sobretudo, de si mesmo. Construiria uma felicidade mais duradoura, porque estaria assentada sobre bases mais sólidas.

Por algum tempo, ainda freqüentou as reuniões do *pathwork*. Durante as discussões, passara mais a ajudar os outros que a ser ajudado. Contava suas histórias, palpitava sobre tudo, de traumas de infância a problemas de relacionamento. Apesar da doença que devastara sua autoconfiança, percebeu que bastava a si mesmo mais do que muita gente. Deixou de sentir-se vítima de uma maldição. Conhecendo a experiência dos colegas de discussão, viu que a vida premiava a uns e outros com problemas diferentes e todos tinham que lidar com algo difícil em sua vida. Confortava-o ter gente ao seu lado. Não mais Gisela, ou Marcial, mas a Humanidade. Todos são mortais e têm de enfrentar essa verdade. Ivan apenas não queria mais fazê-lo na ala dos covardes.

Por fim, pediu dispensa das reuniões. Despediu-se de Roberto e seus colegas de *pathwork* com respeito, abraços e muitos agradecimentos. Sensibilizou-se com a sinceridade daquelas pessoas que buscavam conforto e eram capazes de confortar. Explicou a Roberto que, para sua terapia pessoal, o maior desafio era cortar laços para ficar sozinho. Não sabia se sua bexiga estava completamente livre do câncer, ou qual seria o próximo problema a ameaçá-lo. Porém, queria estar preparado para esse momento. Só assim alcançaria o equilíbrio mental. E, quem sabe, isso o ajudasse a enfrentar melhor a doença e os males que cedo ou tarde afligem os seres humanos.

Saiu do *pathwork* sem acreditar no Guia. No entanto, não deixou de tomar o chazinho da Piedade, que curara o tio Afrânio. Era também uma crendice, mas preparava diariamente sua infusão de cogumelos, só por via das dúvidas. Podia se dar ao luxo de alguma superstição.

Já esquecera da idéia de viajar a Compostela, quando Marcial lhe fez uma de suas raras visitas. Por telefone, avisou que passaria em sua casa, de última hora. Ivan trabalhava no escritório, já de pijama, com Mug aos seus pés, quando o interfone tocou. Abriu a porta pelo controle remoto. O pai entrou com uma pasta azul embaixo do braço.

Beijaram-se, o velho beijo no rosto de filho e pai.

— Venha — disse Ivan. — Entre e sente-se um pouco.

Sentaram-se no escritório, Ivan em sua cadeira habitual, Marcial na poltrona dos visitantes.

— Não queria viajar sem te dar um abraço.

Ivan, que não sabia de viagem alguma, fez de conta que sabia de tudo.

— Quando o senhor parte?

— Amanhã.

— Já?

— Sim. Ficarei vinte dias fora.

— E para onde vai?

— Portugal. Depois a Espanha. Quero conhecer Sevilha, andar por lá.

— E quando o senhor irá a Compostela? — inquiriu o filho.

— Acho que não vou a Compostela. Para fazer a romaria é preciso pelo menos um mês de viagem... Não tenho esse tempo. E Lúcia não pode mesmo caminhar muito, tem aquele problema na articulação do joelho. Porém, se eu passar lá perto... Talvez vá dar uma olhada na cidade.

Ivan entrelaçou os dedos. Sabia que o pai procurava ajeitar a verdade: provavelmente sentia-se mais confortável expondo as coisas daquela maneira. O homem antes franco que ele conhecia descobrira as boas intenções que vivem por trás das meias verdades. O fato é que ele ia a Compostela, sem a sua companhia. Preferira Lúcia. Essa notícia o machucou um pouco. No entanto, para quem treinava a si mesmo na solidão, aquele era um bom teste. Naquele instante não poderia mesmo ir a lugar algum: em breve, faria seu segundo exame semestral da bexiga.

— Queria que você visse uma coisa — disse Marcial, e tirou um papel da pasta. — Mandei meu texto para a editora, eles me fizeram esta proposta. Você é mais de negócios que eu, queria saber sua opinião.

Entregou-lhe uma folha timbrada, na qual o editor propunha que Marcial comprasse parte da tiragem do livro. Poderia revender os exemplares, desde que não fosse em livrarias. Com isso, seria sócio da publicação.

— Eu não aceitaria — disse Ivan. — O senhor já investiu no livro, doando seu tempo para fazê-lo. Não é editor, é consultor. E o livro é muito bom. Haverá com certeza um editor de verdade disposto a publicá-lo sem ônus.

— Também pensei nisso — disse Marcial. — Tem razão, não vou tirar dinheiro do bolso.

— Quando virem que sua posição é firme, eles provavelmente publicarão o livro mesmo sem essa condição. Posso ajudar a divulgá-lo, com o pessoal da agência. Temos muitos contatos.

Marcial sorriu e levantou. Tinha pressa. Ivan compreendeu que o mais importante do encontro era aquela consulta. Levou Marcial até a porta, onde eles deram um longo abraço de despedida.

— Boa viagem — disse Ivan.
— Obrigado. Cuide-se.
— Até a volta.

Marcial entrou no carro, acenou e partiu. Ivan entrou, acariciou Mug, que o seguira até a porta, e voltou ao trabalho.

* * *

Na bilheteria da estação ferroviária, em Santa Cruz de la Sierra, Ivan e Marcial descobriram que a litorina sairia somente dali três dias. Para ir embora imediatamente teriam de tomar o trem, que partiria às seis horas da tarde daquele mesmo dia, 29 de dezembro. Marcial não queria perder um minuto — comprou os bilhetes. Chegara a hora de conhecerem, afinal, o verdadeiro Trem da Morte.

Com certeza difundido por pessoas que já tinham utilizado aquela condução, seu apelido não era uma boa referência. Eles também já haviam tido a funesta experiência da vinda, na litorina que atravessara o charco boliviano. Encheram seus cantis de refrigerante, acomodaram nas mochilas pacotes de bolacha e algumas frutas. Com isso, passaram o dia e acalentaram a esperança de que daquela vez estariam preparados para tudo.

Parecia que tinham feito aquela travessia pela primeira vez havia muito tempo. Tanto acontecera desde então que a lembrança do Brasil e de casa era remota. Sentiam ter envelhecido anos em menos de um mês. Ivan tinha o corpo embrutecido pelas agruras da viagem, ao mesmo tempo em que o coração se humanizara. Olhava as pessoas na rua, aquela mesma gente com a qual no passado cruzaria indiferente, e via quem eram, sabia como viviam, partilhava seus sentimentos. Nunca antes se sentira tão parte do mundo, ainda que não fosse o seu mundo.

Ele e o pai tinham saudade de casa, mas estavam mudados. O café-da-manhã de casa, os lençóis macios, o cobertor xadrez, a televisão, a cama gostosa, o carro de passeio eram luxos que Ivan se acostumara a dispensar. Tudo de que precisava estava ali: as roupas puídas e imundas que vestia e as pernas que o tinham levado tão longe. Aprendera a viver com pouco, tão pouco que parecia sem sentido levar ainda no cinto aquela quantia que eles tinham mantido de reserva e, motivo para Marcial vangloriar-se da idéia daquele esconderijo ambulante, permanecera a salvo do roubo no hotel Brasil.

Por Ivan, ele passaria a viver como o Príncipe de Lata. Gostaria de ser como aquele brâmane dos Andes, um peregrino vestido em farrapos, mas altivo como o dono do mundo.

— Realmente, era uma figura extraordinária — concordava Marcial.

Assim como o pai, Ivan tinha saudade de Lena e Luana, queria reencontrar o mundo conhecido, mas se perguntava como se encaixaria nele outra vez. Seria diferente para sempre, ou buscaria nele um refúgio. Talvez fosse melhor, ou mais confortável, esquecer. Voltar para casa, para as coisas conhecidas, o regaço da mãe, o abraço da irmã, os confortos de casa eram a melhor maneira de espantar o lado mais assustador daquela experiência.

A tarde caía quando o Trem da Morte parou diante da plataforma, feito um monstro de ferro. Como Ivan e Marcial descobriram assim que partiram, de Santa Cruz, a pesada e longa composição, com uma dezena de vagões de carga, era muito mais lenta que a litorina. Isso fazia supor um considerável aumento do tempo de travessia, que ninguém se atrevia a calcular.

Ao contrário da litorina, o trem não estava lotado. Nos vagões de passageiros havia bancos de sobra, mas eram duros, curtos e desajeitados demais para permitir que eles se deitassem. Na maior parte do caminho, pai e filho dormiram no chão imundo e malcheiroso do corredor. Já não se importavam com o desconforto, nem com a sensação de viajar como porcos. Ali podiam ao menos esticar o corpo.

A provisão de bolachas, dividida com um grupo de estudantes brasileiros e outros passageiros desprevenidos, esgotou-se rapidamente, assim como o refrigerante dos cantis. A composição andava devagar e parava em diversos povoados, de cuja existência Ivan nem desconfiara na vinda. Parava também com freqüência em lugares ermos. Segundo um funcionário da companhia da estrada de ferro que passou para vistoriar o vagão, o trem era mais visado que a litorina. Os camponeses colocavam obstáculos nos trilhos; queriam interromper a máquina para pedir dinheiro, roubar o que pudessem dos vagões de carga e, eventualmente, os passageiros.

Além da fome e da sede, sobreveio a tensão. Cada vez que o trem estacionava, eles ficavam alertas para a possibilidade de uma invasão de bandoleiros do *chaco*. Quando a máquina voltava a andar, procuravam economizar energia, dormindo o mais que podiam, insensíveis aos piores incômodos, como se pudessem quase sair do próprio corpo, deixando do lado de fora o sofrimento. Ivan se lembraria para sempre do chão fétido onde se acomodava, usando a mochila como travesseiro. Mergulhava num sono embalado pela batida do trem, transformando a sinfonia mecânica numa canção de ninar.

— Depois disso — disse ele ao pai — teremos terminado o curso completo de faquir.

— Na saída, deviam entregar o diploma — concordou Marcial, com um sorriso resignado.

Mesmo que eles já estivessem habituados ao estoicismo, o dia seguinte foi o mais longo de todos os tempos. Pelo caminho, o trem ia deixando a maior parte dos passageiros bolivianos, até que no final da tarde restou apenas um punhado de viajantes, como se houvesse mesmo pouca gente disposta a ir até o fim do mundo. As últimas horas foram de grande expectativa: para seres humanos impacientes e exaustos, cada minuto a mais era um castigo inominável.

Depois de trinta horas de viagem, eles chegaram a Quijarro. O trem era maior que a plataforma: Ivan e Marcial saltaram pela porta aberta sobre um capinzal. Faltavam dez minutos para a meia-noite do dia 31 de dezembro. Logo seria Ano-Novo. Eles avançaram com a sensação de que não era apenas o ano, e sim uma nova vida que os esperava logo adiante.

Passaram pela estação, deserta como o povoado. Não havia sinal de táxi nem de viva alma. Sem alternativa, saíram a pé na direção em que julgavam estar a polícia de fronteira. Ivan receava ser revistado, pois levava na mochila uma caixa com folhas de coca comprada em La Paz — lembrança da altitude. No entanto, quando chegaram aos postos policiais, no alto do morro pelado por onde passava a linha imaginária entre o Brasil e a Bolívia, descobriram que tinham sido abandonados. A fronteira estava desguarnecida: Ivan poderia ter trazido cem quilos de cocaína pura sem nenhum problema.

— Acho que foram todos festejar a virada do ano — deduziu o pai.

Lá embaixo, ao longe, eles avistaram as luzes de Corumbá. O Orient de Marcial, que resistira a todas as vicissitudes da viagem, marcava meia-noite. De repente, fogos de artifício explodiram no ar, colorindo o céu estrelado. Marcial e Ivan se abraçaram, gritaram, uivaram, riram e pularam como crianças, como se tudo aquilo fosse para festejar sua chegada ao Brasil.

Além de polícia, na fronteira não havia condução. Eles desceram o morro a pé, no sentido de Corumbá, pela estrada de terra em meio ao matagal cuja direção geral parecia ser a da cidade. Ivan sentia a mochila pesar uma tonelada enquanto caminhava ao lado do pai. Andavam como zumbis, de tão cansados, mas exultavam. Ivan nunca tinha visto o pai cantar como cantara no ônibus para Puno. Também nunca o vira gritar, pular e dançar como na travessia da fronteira. Havia entre eles, naquela noite, uma união como jamais sentira antes. Estavam desacostumados demais a expor emoções, a se comportar como pessoas que amam, no direito de desfrutar o mais importante da vida. A exaustão, as emoções da viagem, as coisas que tinham visto abriam o coração. E isso lhes dava uma energia extraordinária.

Eles entraram na cidade às três e meia da manhã. Passada a barulhenta festividade, Corumbá dormia. Portas fechadas, luzes apagadas, tudo o que havia nas ruas era o calor abafado e um vento com cheiro de chuva. Nuvens pesadas rapidamente encobriam as estrelas. Ivan e Marcial apertaram o passo. Precisavam dormir direito, porém mais do que sono eles tinham fome e muita sede. Àquela altura, seriam capazes de comer uma barata que passasse pela calçada. Eram feras famintas, sem se intimidar com a tempestade que se aproximava.

Vagaram pelas alamedas geométricas da cidade planejada, como Napoleão invadira as cidades abandonadas da Rússia: vencedores, porém sem encontrar um único prato de comida. Receavam morrer à míngua, em meio à fartura. Por fim, encontraram uma padaria, abrindo àquela hora. Tinha algumas mesas, sob um pé-direito alto, onde a luz roxa do incinerador de moscas se refletia nos azulejos até o teto. Gordo, de barba malfeita e olheiras pretas, o homem ao balcão examinou os mochileiros que apareciam àquela hora com ar interrogador.

— Tem comida? — perguntou Marcial. — Um sanduíche de presunto, mortadela?

— Não — disse o padeiro.

— Uma barra de chocolates? — suplicou Ivan. — Não somos mendigos, queremos pagar, temos dinheiro.

Remexeu os bolsos, onde repousavam algumas notas do inútil dinheiro boliviano, e um punhado de dólares, que ele brandiu como um tacape.

— Não — repetiu o padeiro.

Ninguém que levanta a essa hora pode ser simpático, pensou Ivan. O homem, contudo, possuía algo de bom, lá no fundo da alma.

— Se vocês quiserem esperar, daqui a pouco sairá uma fornada de pão.

— Ótimo.

Quinze minutos depois, eles matavam a sede com copos de laranjada fresca e a fome com uma média com pão com manteiga.

Saíram da padaria às quatro e meia da manhã. Quando puseram os pés na calçada, a tempestade chegou. Pesadas bátegas caíram como pedradas na cabeça, nas costas, rebentaram nas mochilas. Depois desceu um dilúvio bíblico, capaz de cegá-los no meio do aguaceiro. Abraçados debaixo da chuva, indiferentes ao cataclismo tropical, pai e filho andaram pelo meio da rua, arrastando os pés em ondas. Riam como crianças.

Quando encontraram um hotel, deram graças a todos os santos quando o funcionário do balcão, um homem de sorriso esquálido, a quem eles acordaram em sua cadeira de trabalho, lhes disse que havia um quarto livre. Subiram imediatamente, desabando na cama com as mochilas ainda presas às costas, molhados até a medula, de corpo e alma completamente lavados.

* * *

Uma semana após a partida de Marcial para a Espanha, Ivan internou-se no hospital para realizar seu exame semestral da bexiga. Lamentou o pai não estar por perto. Contudo, achou bom encarar aquilo agora como rotina. Aprendera a gostar do ambiente hospitalar. Os médicos, enfermeiros e funcionários eram simpáticos e ele passara a considerar a RTU não mais como tempo perdido, mas uma espécie de merecido dia de folga. Chamava a anestesia geral tomada para o exame de "repouso do guerreiro".

Lena e Luana estavam sentadas no sofá ao lado da cama quando lhe aplicaram a injeção de Dormonid e ele apagou. Voltou ao mundo bem mais tarde, excessivamente falante, emitindo sentenças desconexas, efeito do anestésico. Nesse estado de euforia é que ouviu o diagnóstico do doutor Roger, em breve aparição de rotina, para dar suas impressões à família.

Naquele dia, o médico retornou com a notícia de que a bexiga de Ivan continuava limpa. Isso não significava ainda que ele estava livre dos exames, mas tornava-se mais distante a possibilidade de uma reincidência do tumor. Três dias depois, o próprio Roger telefonaria para confirmar o que dissera, tendo nas mãos o laudo da citologia. Ivan seria liberado: a partir dali, faria exames apenas uma vez ao ano. Em dois ou três anos, estaria livre de vez.

— Parabéns — disse o médico. — Você está caminhando para esquecer o que aconteceu.

Ao voltar do trabalho para casa naquele dia, Ivan entrou no longo congestionamento da Marginal do rio Tietê. No BMW, viajando em câmera lenta na infinita fila de veículos, viu a lua dissolvida no céu azul, o verde sujo do matagal ao longo da via expressa, acompanhando o rio viscoso de lama. Passou pela longa curva de onde se avistava sobre um morro a favela do Jaguaré. A pobreza crescia como um câncer gigantesco, ameaçando a vida urbana com suas quadrilhas de traficantes de drogas, seqüestradores e delinqüentes juvenis. São Paulo era uma megalópole selvagem, ali havia muito mais probabilidade de morrer assassinado pela mão de um assaltante armado que de câncer. Nem por isso as pessoas saíam à rua pensando que seria a última vez.

A cabeça fazia toda a diferença. Viver pensando na morte é morrer mil vezes todos os dias, tirando o próprio prazer da vida. Ivan agora podia se dar ao luxo de não mais pensar no câncer, não pensar na morte, pelo menos por algum tempo.

Chegou em casa já de noite. A porta basculante levantou, rangendo. Ao lado, a placa branca de letras vermelhas que a corretora de imóveis colocara anunciava a venda do imóvel. Ivan concluíra que não precisava de uma casa tão grande. Abriria mão de seu belo emprego na agência; viveria em condições mais modestas, porém menos dependente do dinheiro e mais livre para fazer as coisas de que gostava. Compraria um rancho na montanha, onde poderia andar na mata com Mug, passar as noites em meio à natureza, sentir a vida no seu estado primitivo.

O cachorro surgiu, correndo ao redor do BMW quando ele estacionou. Ivan desceu, afagou-o, abriu a porta de casa e desceu com Mug a escadaria até o jardim. Sentou-se no piso de pedra branca que rodeava a piscina iluminada, com Mug ao lado. No céu ofuscado pelas luzes e a poluição da metrópole, não contou mais que três estrelas. Pensou no que lhe dissera Marcial, aquela noite, no bar São Cristóvão. Não fizera a viagem a Compostela, mas as estrelas estavam lá, em algum lugar, ofuscadas pela nebulosidade e as luzes da metrópole.

Lembrou-se da chegada em casa com Marcial a São Paulo, vinte anos antes. Durante o trajeto de trem de Corumbá a Bauru, Ivan comera algo estragado. Sofrendo as conseqüências de uma funesta diarréia, juntara a desidratação à miséria física de quase um mês de caminhada em condições adversas, sujeito ao frio e à alimentação precária. Quando tocou a campainha de casa ao lado do pai e a porta se abriu, Lena não escondeu sua expressão de horror absoluto.

— Desse jeito, vocês não entram! — foi a primeira coisa que

disse, antes mesmo de lhes dar um beijo, cumprimentá-los, ou manifestar saudade. — Tirem a roupa. Já para o banho!

Ivan e Marcial deixaram na porta suas roupas, que Lena enfiou num saco plástico com a ponta dos dedos e jogou imediatamente no lixo. Eles entraram no apartamento nus, correndo como dois moleques depois de uma grande travessura. Tomado um banho quente, pularam sobre Lena e Luana, e foram beijos e carinhos e abraços. Somente depois de devorarem a comida de Lena sua euforia começou baixar. Tinham passado pela maior experiência de suas vidas. Estavam vivos. E felizes como nunca por estar de volta.

Aquela recordação dizia a Ivan que ele não precisava mesmo ir a Compostela para se aproximar do pai. Teria sido bom viajar mais uma vez ao lado dele, mas entendia agora que, embora ambos estivessem num momento de reconstrução, cada qual tinha seu próprio caminho. Marcial cuidara dos filhos a vida inteira, tinha o direito de buscar suas realizações pessoais, pensar mais em si mesmo, cultivar a vida que construía ao lado de Lúcia. Dava o exemplo: em vez de voltar ao passado, Ivan precisava ter seus próprios filhos, criar sua própria família, mover-se adiante.

Estariam fisicamente distantes, mas sempre juntos, ligados por experiências como a viagem a Machu Picchu e sentimentos que nada extingue. Ivan não necessitava mesmo ir a Compostela buscar respostas. Machu Picchu tinha sido sua Grande Caminhada Mística. Fizera com o pai a sua busca espiritual — apenas não sabia disso até então. Lembrou-se do que dissera o Príncipe de Lata, diante da Pedra da Lua: "Não há nada a procurar aqui que já não esteja dentro de vocês".

Ivan se deitou ao lado da piscina, os dedos da mão direita passeando levemente na água. Lamentava ter perdido, junto com a máquina fotográfica, a única prova material da existência do Príncipe de Lata, mas no final pouco importava. Nada lhe pareceu mais real que o imaterial.

Sentiu, então, aquela antiga presença. Sob as palmeiras imperiais do jardim, pôde ver o homem que sorria, anjo em farrapos, olhando na sua direção. Ivan pensou: não sei quanto tempo teremos, ninguém sabe. E não teve medo. Olhou as três estrelas solitárias no céu, centelhas cuja fonte poderia estar extinta há bilhões de anos. Imaginou a si mesmo, Lena, Luana e Marcial a emitir seu brilho eterno no campo de estrelas para onde todos vamos um dia, inexoravelmente; sentiu o espírito livre, a cruzar o espaço, integrando-se à noite estrelada, milhões de estrelas que agora surgiam ao seu redor.

E seus olhos se encheram de luz.

ESTE LIVRO, COMPOSTO NA FONTE FAIRFIELD
E PAGINADO PELA NEGRITO PRODUÇÃO EDITORIAL, FOI
IMPRESSO EM PÓLEN BOLD 90G NA VIDA E CONSCIÊNCIA.
SÃO PAULO, BRASIL, NA PRIMAVERA DE 2007.